AF599647

altamarea

Primera edición en esta colección: marzo de 2026
Título original: *Les closques*

altamarea.es
altamarea@altamarea.es

Diseño de la colección: Sara Maroto Hebrero
Corrección: Cristina Herrera Barreiro, Lucía Gómez Jimeno, David Gargallo

llull institut ramon llull

La traducción de esta obra ha dispuesto de una ayuda del Institut Ramon Llull

ISBN: 978-84-10435-64-3
DL: M-5626-2026

Impreso en España por Solana e Hijos Artes Gráficas en febrero de 2026

LAIA
VIÑAS

Las cáscaras

Traducido del catalán por
Gala Sicart Olavide

BARLOVENTO

A mis padres,
por creer en esto y en todo lo que hago

Primera parte

I

Al padre le faltaba medio pulmón. Se lo habían quitado en un hospital en medio de las montañas, porque dentro le crecían arbolitos que arraigaban y le robaban el aire. Por entonces Arnau tenía ocho años y una bicicleta recién estrenada, y las piernas tan cortas que no alcanzaba los pedales. Y una tarde, el sol que se ponía le cegó los ojos grises y el manillar se volvió loco, por culpa de las piedrecitas del camino que se pegaban a las ruedas y las hacían bailar, y Arnau acabó aterrizando sobre la gravilla. Y era un fastidio, porque se le abría la piel y se le quedaban los trozos más pequeños pegados, y se los tenía que quitar al cabo de unos días con las uñas como si fueran pinzas.

El cielo era de fuego y él volvía de la playa, todavía con la piel húmeda. Se había caído de bruces pero reaccionó rápido; tensó el cuello justo a tiempo para que la cabeza no golpeara el suelo. Las rodillas tuvo que sacrificarlas, pero fue una decisión evidente. La sangre resbalando hacia los calcetines le hizo llorar y las heridas le escocían, pero las lágrimas no eran por eso. Le tenía miedo a la madre. Se secó los ojos y con los dedos mojados se tocó las rodillas y rezó para que la sal las curase antes de llegar a casa, y rezó con fuerza y de verdad, con las manos en el corazón y el cerebro vaciado de todo lo que no era fe.

Dejó caer la bicicleta porque estaba empezando a cogerle tirria, y entró en casa y la madre estaba en la cocina llevando una olla pequeña a hervir. El fuego le iluminaba la tripa, gorda y redonda como un melocotón maduro. Tenía la piel blanca incluso en los meses de verano, y las manos huesudas y pecosas como cenefas. Si salía a pasear, cogía flores silvestres de color amarillo y morado de los márgenes de los campos de arroz llenos de agua, y se guardaba los pétalos en las mangas y olía a aire libre todo el día, aunque le tocase revolver mierda en los establos para después adobar las alcachofas abiertas. Y eran pobres, pero tenían una biblioteca, algo propio de gente extravagante. Estaba formada por todo lo que ella había elegido: los clásicos y las ediciones baratas y unos cuantos libros que solo estaban ahí por sus cubiertas elegantes de terciopelo. Nunca besuqueaba a sus hijos ni los abrazaba ni les hablaba en voz dulce, y los ojos casi transparentes de Arnau habían sido suyos en primera instancia. Y eran una buena herencia porque cuanto menos color tienen, mejor ves, de modo que ella lo caló enseguida, medio escondido junto al marco de la puerta.

Le hizo un gesto para que se acercara y el chiquillo le hizo caso, y conforme iba, la sangre se le escurría por la pierna y la madre ya apartaba la olla del fuego, sacaba el cuchillo del cajón y lo dejaba puesto en la llama para que se calentara. Y la parte metálica enrojecía y Arnau lloriqueó, y pensó que si su hermano mayor lo viera le dejaría un ojo morado, por llorón. Se pellizcó en la parte interior del muslo. Si te duele en muchos sitios a la vez, mareas al dolor, y no sabe a dónde ir y al final se rinde.

El cuchillo candente tocó la primera rodilla y Arnau soltó un grito, pero al final ganó porque se aguantó el llanto y para distraerse pensó en el cuento que había leído la semana anterior y en los pantalones nuevos que Enric había estrenado aquella tarde. Los había cosido su madre y eran como de vestir, de pana, con dos bolsillos a cada lado de la pernera, y el libro tenía las páginas cosidas al lomo con un hilo de plata y trataba sobre un niño del Misisipi que parece que será idiota pero al final es más listo que nadie. La segunda rodilla casi no le quemó y, al terminar, la madre se enderezó y le pegó una zurra en el culo para espabilarlo, y devolvió la olla al fuego, que hacía chup chup y no olía a nada. Los cortes estaban cerrados y preparados para hacerse costra.

El día que Arnau fue a recoger a su hija, ella también tenía ocho años y él, veintiocho, y la cara marcada por el frío y por el hambre que había pasado. Era 30 de junio y el sudor le resbalaba por la frente conforme subía la calle Gran de Gràcia. Dos niños jugaban a las canicas en mitad de la calzada, tumbados bocabajo, y los coches detenidos en los semáforos rugían para reclamar un espacio que les pertenecía. Imperaba la ley del más fuerte y la ciudad era una selva. Arnau deseó que fueran lo suficientemente rápidos, capaces de levantarse de un bote y correr hacia la acera cuando la luz cambiase a verde, esquivando a las mujeres que se abanicaban y a los hombres que resoplaban.

Ella lo esperaba sentada en la esquina de la plaza Lesseps, con las piernas cruzadas y los tirabuzones revueltos y una mochila de cuero colgada al hombro. Debía de haberle costado preparársela, elegir qué ropa de la vida de siempre te llevas a la vida desconocida. Isabel la vigilaba apoyada en una pared agrietada que le ensuciaba la camisa de polvo blanco, y a Arnau le dio un golpecito amistoso en la espalda y se marchó con una sonrisa triste.

Padre e hija caminaron en silencio, procurando no hacer ruido ni moverse demasiado para no molestarse. Andaban cerca pero no se tocaban, y él iba observando a la niña de reojo. No reconocía esas piernas redondeadas ni el modo en que el vestido ocre le estrechaba el cuerpecito recto, ni el vaivén de los brazos a cada paso, al compás del repicar de los zapatos de charol. Avanzaba con la cara cubierta por la melena densa y negra, sin una expresión concreta en aquel rostro infantil que todo lo observa y al que todo le parece bien. Arnau pensó que sí que era hija suya porque él tampoco sentía nada en aquel momento, ni felicidad ni euforia ni añoranza de todo aquello que ya se había perdido.

Ariana nació el primer día del año. La noche anterior, Arnau, Andreu y la madre salieron de casa con los abrigos puestos para escuchar las campanadas de la ermita. El de la madre le llegaba a los tobillos, era de piel negra y con unos botones dorados que no soportaban el embarazo y lo estrechaban todo; los de los niños eran cortos y de lana blanca, y picaban tanto que les escocían los brazos. A ella le había costado salir a la calle porque la tripa le pesaba y la obligaba a caminar con las piernas abiertas, y podía sucederle como a los escarabajos y caer de espaldas sin poder respirar. Para tomarles el pelo, cuando los chiquillos la oían, decía, si este niño no nace ya, yo misma me lo sacaré de dentro. Lo soltaba como si estuviera distraída y veía sus caras de espanto, segura de que Arnau se la imaginaba abriéndose el vientre con el cuchillo de cocina, con el bebé ensangrentado y bramando y ella con ojos de tarada.

Cada uno llevaba doce uvas en la mano. Arnau se metió una en la boca antes de tiempo porque tenía tanta hambre que no se pudo resistir. La partió con los dientes delanteros y le pareció que la lengua le explotaba de placer y dulzura.

Las campanas sonaron, ayudadas por el viento, y los tres temblaban y movían los pies para espantar el frío helador mientras iban engullendo uvas al ritmo de los golpes. Andreu abría la boca todo lo que podía y le enseñaba a su hermano los trozos de uva mutilada. Si el padre hubiera estado con ellos, Andreu habría llevado durante muchos días la marca de su mano en la mejilla y el rostro se le habría vuelto rencoroso. Pero la madre les dejaba hacer.

Cuando entraron en el nuevo año, les acarició el pelo y ellos apoyaron la cabeza en su ombligo hinchado. Pero el momento de los tres juntos duró poco, y ella caminó hacia casa con las manos apoyadas en la espalda, arrastrando los pies hinchados. El niño pequeño la siguió con la mirada. Quizás, pensaba, si se quedaba con ella no se le cansaría el cerebro ni se le abriría el cuerpo.

Pero lo cogieron por la cintura y le plantaron el culo sobre el manillar, y era el hermano que se había cansado de esperarlo. Arnau se colocó bien sobre los frenos y Andreu pedaleó por la gravilla que los sacudía, y las irregularidades del camino los hacían volar y el pequeño se quejaba de que le dolía el culo, pero se reía, y el mayor trataba de pasar por todos los hoyos que encontraba con tal de seguir riendo, y chillaba, ¡agárrate!, y pedaleaba con todas sus fuerzas y cada vez que pillaba un bache les daba una sacudida y de la histeria se les cerraban los ojos. Y gozaban como gozan los niños que tocan la vida y la manosean y la dejan estrujada porque todavía no le tienen miedo. Y llegaron a la ermita con las caras felices, y dejaron la bicicleta arrimada a la pared blanca.

El escenario estaba al comienzo del camino de chopos. Al fondo se veía el pueblo, mal iluminado y un poco triste. Dos hombres con americanas negras cantaban con las bocas juntas, casi rozándose los labios, porque solo había un micrófono. Estaban sudados y se les oían las respiraciones agitadas y las voces resecas. El de la derecha era bajito y llevaba la cabeza rapada y tocaba una guitarra española que, de lo mucho que brillaba, parecía estar húmeda, y venga a rascar las cuerdas y luego a acariciarlas con suavidad, y luego llegaba el momento del estribillo de la canción y las volvía a rascar, y golpeaba con los pies el escenario de madera carcomida y a Arnau le preocupaba que lo fuera a echar abajo y la noche se acabara de repente. El otro tenía el pelo largo y las patillas anchas y también tocaba la guitarra, y con el pie izquierdo marcaba el ritmo en un bombo con pedal, y ambos levantaban los brazos si había pausas en la canción y aplaudían y gritaban para hacer bailar a la gente, y la gente bailaba.

Andreu caminaba hacia la barra como lo hacía el padre, con las manos en los bolsillos, la cabeza erguida y venga a saludar con sonrisas confiadas. Al llegar se apoyó y casi se tumba encima. Pidió un ron *cremat,* dejó dos monedas sobre el largo tablón de hierro y, una vez servido, le hizo un gesto al hermano para decirle *adeu,* que él se iba a dar una vuelta. Y Arnau paseó la mirada por la pista de baile.

Ya la había visto pero la había perdido porque se movía rápido y daba vueltas sobre sí misma, con los pelos tapándole la cara y el cuello. Llevaba un vestido beige, cubierto por una chaqueta de botones verde esmeralda, y los bailarines se la pasaban y ella se escabullía de todos y bailaba casi sin tocarlos porque no quería que la llevaran. Y vio que Andreu se acercaba a Joana con los labios pegados al vaso lleno. Solo tenía trece años pero se encendía un cigarro y sacaba el humo estrechando los labios, echando besos al aire.

Ella bebió de aquel líquido color caramelo y Andreu la cogió por la cintura, sujetó el vaso con los dientes y lo mantuvo colgando de su boca. La hacía girar y cada vez que daba vueltas un botón se desabrochaba y las parejas formaron un corro para no molestarles, y Enric apareció de la nada y dijo a Arnau, mira, tu hermano y mi hermana, y Arnau ya los veía y se sintió deshecho y traicionado. Enric era su mejor amigo y vivía en el edificio de apartamentos de al lado de la ermita, y el piso era pequeño pero las baldosas del suelo eran azules y rosas y quienes vivían allí nunca llevaban los pies sucios de barro. Y solo tenían vecinos en época de bañarse en el mar porque los de ciudad no quieren venir cuando hace frío y los campos de arroz están vacíos y agrestes.

Y las cinturas juntas. La gente del pueblo había colocado una hilera de bombillas de colores desde lo alto del primer chopo hasta la ermita, y guirnaldas verdes y amarillas que rodeaban la barra y las mesas, y los hombres que cantaban se cansaban y Arnau quiso marcharse. Cuando Andreu se aburrió de bailar, beber y fumar, hizo que subiera a la bicicleta y rehicieron el camino a casa sin botes ni ojos entrecerrados.

La madre rompió aguas al día siguiente, mientras se estiraba para coger higos del árbol del patio. Entró en la cocina con parsimonia y la falda mojada, y le pidió a Arnau que fuera a buscar a Carmen. De camino le dolía el corazón de lo fuerte que le latía. Pedaleó hacia el mar y se detuvo frente al palacete: dos pisos recubiertos de piedra blanca, y si no eran veinticinco es porque la tierra del delta en realidad es agua, y el cemento acaba cediendo si le toca soportar mucho peso. Los dueños de aquello eran los dueños de todo, y a Carmen la hacían vivir en la caseta del servicio, y le carcomía el olor a cerrado y las humedades que subían desde la desembocadura. Cuando Arnau la llamó subido a la bicicleta con voz urgente, ella asomó la cabeza por la puerta de la reja e iba despeinada, con el gorro de paja atado al cuello y la ropa de trabajo arremangada. ¡¿Ya viene?!, gritó. Arnau asintió con la cabeza y la mujer corrió hacia la bicicleta y de un bote sentó el culo en el manillar, y suerte que era vieja y no pesaba nada.

No les dejaron ver el parto. Los dos chiquillos se quedaron sentados con la espalda contra la puerta cerrada del dormitorio de los padres, y escuchaban a Carmen dar órdenes, respira, empuja, respira otra vez. Arnau temblaba por el frío que emanaba del suelo reblandecido y por la angustia de escuchar a la madre sufrir, y se acordaba de que a veces la oía preguntarse, no sé si el niño me saldrá vivo o muerto. Que no se lo notaba y era imposible que fuera a nacer bien porque ella ya era mayor, tenía más de treinta años y solo se alimentaba de agua hervida y pan duro y seco, y en primavera un poco mejor porque todo florecía, y a seguir tirando. De repente oyeron el llanto del bebé y supuso un alivio, y entonces Carmen les hizo pasar.

Se sentaron cada uno a un lado de la cama. Toda la habitación olía raro, como a alguna cosa nueva y pura y luminosa. Se acurrucaron bajo los brazos de la madre y observaron al bebé, que dormía sobre el pecho lleno, y resultó no ser un niño, sino una niña de piel seca y blanca, que se agitaba porque le molestaba la luz del mundo que la acogía, y ahora que existía todo iba a ser una cuesta arriba que no se acaba.

DÍA PRIMERO

La primera noche dormimos separados solo por una pared. Digo dormir pero yo miraba al techo y me aguantaba la respiración para escuchar la suya. Y así hasta que amaneció, con los pulmones vacíos y el corazón encogido con la sangre ahí acumulada y la sensación de que me ahogaba. No nos quitamos el pijama en todo el día y el suyo era un conjunto blanco, la camiseta de tirantes y los pantalones hasta la rodilla, con la goma dejándole marca en la cintura. Por la tarde le pedí que se vistiera, que íbamos a merendar fuera.

Me puse unos pantalones de lino y una camisa, y ella un vestido con una mariposa verde dibujada sobre el pecho con las alas extendidas. Le sonreí para que supiera que me gustaba y bajamos hasta la calle Petritxol cogidos de la mano. Se la di para cruzar un paso de cebra, y después sudábamos de lo lindo pero en ningún momento nos soltamos.

La pastelería tenía grandes ventanales y una puerta giratoria de madera. La hice pasar a ella primero y, una vez dentro, el olor a mantequilla, cacao y pan tostado se nos fue pegando a la ropa y a los zapatos, y yo inspiraba hondo para empezar a saborearlo todo, pero Aurora me dijo, con la mirada clavada en el suelo porque le daba vergüenza hablarme, de lo dulce no me gusta nada. Y yo me sentí mal por haberla llevado hasta ahí pero le dije, el chocolate aquí es el mejor de toda Barcelona, con la esperanza de que eso la hiciera cambiar de opinión de repente.

Los delantales de las camareras eran blancos y con flores azules que se les esparcían por los muslos, y nos sentamos en una mesita redonda. Pedí dos tazas de chocolate deshecho y un plato de nata con la que mezclarlo. Cuando lo trajeron, en una bandeja de plata, hundí la cucharilla en la nata y fue como si deshiciera una nube, y salivé y los pelos de la nuca se me erizaron y la niña no tenía ni una marca ni una peca en la piel. Parecía recién hecha.

Tenía los labios finos y se puso a soplar con esmero para que el chocolate se enfriara. La cara se le hinchaba de aire, le aparecía una burbuja en cada moflete y las vaciaba enseguida. Se acercó la taza a los labios, la apoyó en el inferior, más carnoso, y empezó a bebérselo todo. El cuello se le movía con cada trago y el cuerpo se relajaba y pensé, le sabrá bien, y con la taza en la boca me echó una risita mostrándome los dientes manchados y acto seguido cuatro gotas de aquel líquido espeso le aterrizaron en la falda.

Le pedí a la camarera que nos trajera unas servilletas y Aurora se limpió los lamparones, primero frotándolos con la servilleta y después golpeándolos, y murmuraba que no se iban y que había quedado mancha, y le dije que en casa la lavaríamos. Quería parecer tranquilo, y lo estaba. No quiso acabarse el chocolate que le quedaba, y se pasó el rato mirándose los puntitos de color blanco y marrón, queriendo hacerlos desaparecer con la mente. Continué bebiendo y rebañé el platito con la cuchara brillante.

Los tres subíamos al camión y estábamos muy apretados, nos rozábamos los brazos todo el tiempo, yo contra papá y

Andreu, y ellos solo contra mí. La norma era que el pequeño tenía que ir en medio. Y el camión siempre hacía un ruido de hierro que roza con otro hierro y parecía de latón y de juguete, pero todo merecía la pena con tal de notarnos la tripa pesada durante dos días. Yo me escaldaba las manos porque no podía esperar a que la taza se enfriara, y Andreu se burlaba de mí y me dolían las manos durante el resto del día y la piel se me caía a tiras, y es que solo queríamos acompañar a papá a la ciudad para ir a merendar a la calle Petritxol.

Quedó mancha. Llené la bañera de casa con agua y jabón para el cuerpo y froté el vestido hasta que me dolieron los brazos, y Aurora entraba y salía del cuarto de baño, jugando, arqueando los brazos y flexionando las piernas como una bailarina, deslizando las medias transparentes sobre las baldosas de cerámica, todas diferentes y estampadas. Unas tenían serpentinas azules y puntitos rojos sobre un fondo verde; otras, triángulos de color marrón y de color naranja. Las que más me gustaban eran blancas con cuadrados negros colocados en fila, que parecían ejércitos de escarabajos pululando por el baño. Dejé correr el agua en la bañera y colgué el vestido en el pomo de la puerta, para que se secara, y empujé a la niña con suavidad hasta la cocina y esa noche cenamos pescados fritos y una patata cada uno, y de postre una cucharada de miel.

A la hora de dormir la acompañé a la habitación y me dio las buenas noches, y yo también se las di, y casi la abrazo y le acaricio las mejillas y le digo que para Navidad le compraré uno más bonito. Pero solo apagué la luz y fui al comedor para asomarme a la ventana y fumarme un cigarro.

En la plaza de la Virreina nada se movía. Un chico y una chica se picaban y se besuqueaban entre risas. A principios de verano nos creemos que queremos el amor y en agosto ya nos ahoga. Una pintada en los bajos del edificio de enfrente decía: ¡SALVADOR LLIBERTAT!, y la cara de Puig Antich se caía a trozos por el sol y la lluvia que habían deshecho la pintura, y también por el correr de los días. Ya había pasado un año desde que lo mataron.

Cogí el cuaderno azul y el último lápiz que me quedaba y dibujé, sobre la madera carcomida del marco de la ventana, al chico que besaba y a la chica que hacía como que se quería escapar y llevaba unos tejanos ajustados que antes de llegar a los pies se abrían como dos tulipanes. Y le hice una nariz redonda y los labios finos, pero el de abajo un poco más mullido, y el vestido de ningún color, con una mariposa que se entretenía ahí. La ceniza de mi cigarrillo cayó sobre el pelo de aquella hija de papel, que era tan nueva como la que estaba durmiendo cerca de mí.

Instalaron a Ariana en la biblioteca y los hermanos tenían que turnarse para vigilarla, porque su habitación era la de al lado. Se asomaban a la cuna de madera, que también había sido la de ambos, y le introducían en la boca un terrón de azúcar envuelto en un trapo, y el bebé chupaba y se calmaba y entonces ellos regresaban a sus camas de lana. Vaciaron la bolsa en la que guardaban las canicas y dentro dejaron una. Empezaba Arnau. Sacaba la canica y la colocaba en el suelo, mecía a la niña, volvía a su cama y veía cómo Andreu se levantaba si Ariana volvía a quejarse, y él la calmaba, metía la canica dentro de la bolsa otra vez y se iba a dormir, y Arnau volvía y la sacaba, y así nadie hacía trampas.

Y la madre estaba todo el día con unas ojeras que la envejecían y la hacían parecer fea, y la tripa no se le había ido del todo y la tenía hinchada y llena de venas rojas y la piel muerta, y Andreu la chinchaba, le decía eres demasiado vieja, no tendrías que haberla tenido. Y cocinarla durante nueve meses y sacársela de dentro la había agotado tanto que dormía profundamente todo el día, y no oía cómo Ariana la llamaba porque se moría de ganas de agarrársele a la teta y chuparle la leche y escuchar los latidos de su corazón.

Y Carmen venía al mediodía y le ponía los dedos delante de los ojos y sentenciaba, a ver si será ciega. Se quitaba la camisa, se colocaba a la pequeña encima del pecho desnudo y la pobre buscaba con la boca la teta llena, poniendo morritos de pez. Y no encontraba nada. Y Arnau cocinaba papillas. Por la noche, cuando la tenía en brazos, el hermano mediano abría y cerraba la palma de la mano cerca de su carita redonda y sus pestañas largas, para adivinar si la niña reaccionaba o si era verdad que no veía. Él creía que tenía los ojos de nieve como los suyos y los de la madre y que por eso parecía que viviera con un velo pegado a las pupilas, pero a lo mejor sí que era ciega si lo único que la alimentaba después de que se pusiera el sol era un cubito de azúcar y el trozo roñoso de trapo endulzado con el que se atragantaba.

El padre llegó una tarde, a pie y con una bolsa de viaje cruzada al cuello. Y todos se reunieron junto a la leña que empezaba a arder y, como si fuera un mago, un bufón o un cuentacuentos, él les contó con palabras grandes y gestos exagerados que había estado viajando durante cuatro días y cuatro noches, en tren, en carro y sobre todo a pie, y que se le había hecho eterno.

Les dio un abrazo a cada uno y a Arnau lo rodeó con tal fuerza que le hizo crujir los huesitos de la espalda. A la madre le dio un beso en la frente y le tocó las piernas y las carnes que volverían a su sitio, y se paseó por la sala con Ariana en brazos y se le quedó dormida. Y dijo que tenía los ojos bonitos, los tiene como los tenéis vosotros, dijo contento, y los niños se quedaron tranquilos porque si estuviera mal hecha, el padre lo habría notado. También les anunció que aquella noche la niña podía dormir con ellos, que la colocarían en el centro de la cama, entre los dos para que no echara a rodar, y Andreu y Arnau corrieron a esconder la bolsa de la canica, y cenaron caldo y un trozo de pan con vino y azúcar, y el padre estaba más delgado, con los ojos hundidos y la barba demasiado larga.

Que le habían quitado medio pulmón lo dijo antes de que subieran a las camas. Se quitó la camisa, se colocó de espaldas y señaló con el índice la cicatriz rosada que lo partía de arriba abajo. Todos callaron y la madre lloraba, y el padre se volvió a poner la camisa mientras le acariciaba el pelo trenzado. La conocía y la entendía, sabía que estaba pasando un calvario pero se acostumbraría a tener tres hijos, y la vida continuaría.

V

Una tarde, Andreu fue a ver a Joana para pedirle que cuidase de Ariana, porque si no, una mañana se la encontrarían medio muerta y se armaría un sarao muy grande. Ella estaba en las albercas con un vestido estampado de limones amarillos y verdes, y el rato que estuvieron hablando el sol brillaba y ansiaba quedarse. Andreu la ayudó a frotar las camisas y las faldas a contraluz. Bajo los porches del lavadero corría un viento que les provocaba escalofríos.

Joana paseaba a la niña, la lavaba con trapos húmedos y le hablaba como lo hacía con los adultos para que aprendiera todas las palabras, y a cambio se llevaba botellas de leche de las cabras, vacas, lechugas, pimientos y algún libro que le llamara la atención por su cubierta bonita cuando dejaba a Ariana en la biblioteca. A Arnau le gustaba tenerla por casa. Le preguntaba cómo es que sabía tanto de niños, porque sacaba al bebé de la cuna de esa manera que solo saben hacerlo las mujeres que tienen hijos, y ella no era ninguna mujer, era una niña que aún no había cumplido los dieciséis y no había llevado a ninguna persona en el vientre ni la había parido. Y le explicó que, cuando nació Enric, su madre también enfermó y a su hermano lo había cuidado ella; le había dado de comer, lo había mecido por las noches y lo había vestido cada día porque los hombres no saben qué es eso de cuidar bebés. Y si hubiera sido por su padre, Enric no habría llegado a hacerse mayor.

Una tarde en que Joana llevaba una falda a rayas y el pelo recogido en un moño, quiso salir a pasear porque Ariana no se estaba quieta y de sus ojos manaban lagrimones gordos y redondos. Arnau las acompañó y así los tres bajaron juntos hacia el mar. Joana llevaba a la niña envuelta en una mantita y le apoyaba la cara en su hombro, para que el sol no le hiciera daño. De vez en cuando se cansaba y pedía a Arnau que la cogiera, y la pequeña se quejaba cuando la cambiaban de brazos pero se acostumbraba deprisa al calor de su hermano, y Joana decía, no llora porque te conoce. Y él se sentía contento de que lo conociera. La miraba y tenía los ojos del color de la nube que dentro trae agua y rayos, y si los brazos y las piernas se le cansaban por el peso de Ariana, no decía nada y seguía caminando. Comieron pan y dos naranjas jugosas, y Joana tenía las mejillas chupadas, como si se le quisieran escurrir hacia dentro, dentro de la piel y la boca fina y roja. Tenía los hombros estrechos y, si movía los brazos hacia atrás, se le marcaban dos huesos puntiagudos debajo del cuello que parecían alas.

Cuando ya veían la casa y tenían ganas de llegar, un perro negro saltó de un arrozal y los siguió. Se sacudía el agua retorciéndose sobre sí mismo, de un lado a otro, y los mojaba. Dijeron que no lo conocían, que debía de ser un pobre animal sin dueño, y que seguro que tenía hambre y sed; al llegar le dieron un trago de leche y un mendrugo negro, y el animal ladró, saltó y aulló dos veces. Cuando a Joana se le hizo la hora de irse, caminó hacia la ermita y el perro negro la acompañó, y ella le acariciaba la cabeza y él se dejaba hacer. En la entrada de los pisos blancos quiso seguirla y seguir untándole la piel a lametones, y la chica tuvo que tocarle el morro mientras decía, ¡no!, pero el animalillo no hacía más que estar contento y menear la cola.

Andreu fue a buscarla aquella noche para ir a fumar y quizás bajar a la playa. El perro estaba ahí, a dos palmos de la puerta, con las orejas tiesas, y a él le pareció feo, con esos ojos pequeños y la cabeza grande y el hedor a animal mojado. Anduvo con ellos todo el rato hasta la playa, y Joana le rascaba el morro y Andreu le advertía, si lo tocas después no me toques a mí porque me vas a pegar el olor. Pensaba en su hermano mientras le acariciaba el cuello y la besaba entre la nariz y la boca, y siempre llegaba un momento en que se aburría y echaba a andar, y ella se preguntaba si algún día la querría sin cansarse.

La noche siguiente, Joana no bajó. Andreu se apoyó en la pared clara que se caía a trozos mientras se encendía un cigarrillo. Se le ocurría que podía lanzarlo por alguna ventana y, con un poco de suerte, prendería un fuego tal que fundiría cortinas y marcos y caras, y los que ahora estaban durmiendo se quemarían, y los más rápidos saldrían por la puerta pequeña de la entrada como alma que se lleva el diablo y se amontonarían para escapar del humo y la asfixia, y los esperaría aquí apoyado y todos sabrían que era cosa suya, porque se había sentido abandonado como el perro que dormía bajo el olivo y no tenía hogar porque nadie lo quería.

Junto al camino había un palo lo bastante largo y lo bastante ancho. Lo cogió y corrió hacia el animal. Le cerró el morro con la mano y este se dejó sujetar con confianza, tanto que hasta le lamió los dedos. Andreu le atizó un golpe en las costillas y el perro ya no pudo levantarse. Luego le pegó con el puño que le quedaba libre y con un ladrillo, y la sangre le caía a chorro por debajo de las orejas y su boca se volvió roja; tosía y lloraba porque se ahogaba, hasta que Andreu estuvo seguro de haberlo matado. El tiempo que se dedicó a ello pasó rápido; veía con claridad y tenía la cabeza centrada. Al terminar, se alejó un poco y observó la escena con los brazos en la cintura y orgullo en el pecho: parecía un pintor admirando un lienzo bien aprovechado. Descansó y, cuando se le calmó el pulso, caminó de vuelta a casa con el palo en la mano y unas ganas de tocar la cama que no había sentido nunca.

A ella la encontraron los jornaleros que bajaban hacia los campos unas semanas después, con la cabeza partida, las costillas rotas y el cuerpo lleno de moratones, tirada en las escaleras de la ermita y con la garganta seca de haber pedido auxilio a gritos. Pero Ariana se había hecho lo bastante mayor, y la madre ya se levantaba de la cama, y todo iba mejorando poco a poco, así que no la necesitaron más. Y si alguna vez, de pasada, mientras comían o charlaban a la salida de misa, alguien preguntaba por el incidente o se lamentaba de la suerte de aquella chica que todavía no tenía los dieciséis y era hermosa y trabajadora, Andreu se encendía un cigarrillo y mascullaba que a lo mejor se lo merecía, y el humo salía de sus labios carnosos y le nublaba los ojos marrones y vivos como la tierra.

VI

Los colchones eran de lana y pesaban tanto que los niños no los podían levantar. En invierno la madre los cubría con unas colchas de juguetes bordados: una peonza verde, un trenecito de madera rojo, un caballito con balancín en los pies y pelotas blancas. Las dos eran iguales y la abuela del padre las había bordado con el cuerpo encogido y los ojos que casi no veían, antes de que ellos naciesen y ella se muriera. En la habitación tenían también una cajonera que utilizaban como mesita de noche, donde Arnau colocaba los libros que más le gustaban y quería tener cerca, y Andreu dejaba los paquetes de tabaco apoyados, y los domingos había siete y los miércoles ya no quedaba ninguno, y también la llave grande de la puerta principal que el padre le había confiado a los diez años. No había nada más porque allí solo dormían, y en enero hacía mucho frío y en septiembre mucho calor, y para holgazanear iban a la biblioteca. Se tumbaban en el colchón de Ariana, deformándolo, rodeados de estanterías astilladas y libros en el suelo y en los alféizares, y estos últimos no los leían porque les daba el sol y el frío de la madrugada, y las páginas se volvían finas y amarillas.

La escalera era de madera y la había construido el padre. La casa había sido de su familia, que durante años trabajó el terruño que da al patio y tuvo vacas, patos y cabras pequeñas, y vendió las mismas cosas que ahora vendían ellos: las coles y las alubias y la leche en sus botellas de cristal con el cuello estrecho y el culo redondo. La construyó, la escalera, con madera de pino y le llevó cerca de tres años, y cuando la acabó la barnizó y se sintió orgulloso porque los dos niños no habían parado de jugar, llorar y gritar como dos demonios mientras él cortaba madera clara.

La cocina era enterita para la madre: tenía un fogón y un hornillo de leña junto a la puerta de entrada y una pila de mármol donde a menudo se acumulaban los cacharros por fregar, y era lo bastante grande como para que cupieran dos adultos encogidos. Si el padre veía que los niños se entretenían demasiado rato entre las faldas de la madre, les decía que ahí no tenían nada que hacer y los mandaba a la sala de estar. Desayunaban de pie mientras iban a por el abrigo y se preparaban para salir, o quietos frente al calor de los fogones, pero comían y cenaban en la sala de estar, que tenía dos lámparas de gas colgadas de las paredes blancas y hacían un ruido espantoso, como de vuelo de avispa que se te mete en la cabeza y te la parte en dos. Estaban hechas de vidrio soplado y tenían forma de flor; anchas en la base y con ramas de almendro pintadas con tinta azul, y cuando zumbaban ellos las miraban y las querían reventar, pero eran bonitas y estaban bien trabajadas y valían la pena. Las ventanas las cubrían con unas cortinas gruesas amarillas, en invierno siempre recogidas a un lado y atadas con cordeles dorados. Si tenían ganas de sentarse lo hacían en dos butacas que coronaban la sala, de un color violáceo gastado que significaba que ahí ya se había sentado antes mucha gente, y todo el piso de abajo era del mismo suelo que rodeaba el exterior de la casa: polvo, piedras, hierbas retorcidas y alguna flor silvestre que crecía si le alcanzaba el sol lo suficiente.

Cuando querían salir a coger algún higo del árbol que daba sombra o a respirar el aire salado, empujaban la puerta de entrada y enseguida les llegaba el olor del mar y la dulzura de los árboles frutales. Los establos quedaban al lado de la higuera, y allí vivían tres vacas gordas, una manchada de negro y las otras de marrón, un puñado de gallinas encerradas en una jaula al fondo, dos patos y dos cabras que todavía eran bebés. Llevaban un cencerro al cuello para que pudieran oírlas si saltaban la valla y se escapaban, que lo hacían una o dos veces por semana; pasaban fuera la noche y de madrugada se oía la música de su regreso. Ahí también guardaban los barreños de zinc en los que se bañaban; el grande para el padre y la madre y el pequeño para los niños, y cuando hacía buen tiempo se lavaban junto a los animales, y hacían saltar a los patos dentro de los cubos pequeños y los frotaban con la pastilla de jabón y nadaban de lo lindo, flotando.

Afuera, alrededor de las ventanas y la puerta, había conchas pegadas, sujetas con el barro que sobresalía por los bordes. Ya nadie recordaba quién había colocado la primera porque todo aquello había empezado hacía tiempo. Y cuando llegó Ariana y pasaron a ser cinco, bajaban a la playa y, sumergidos en el agua, removían la arena para encontrar coquinas y comérselas con pimienta y sal, y la madre estaba guapa, con la piel que no le cambiaba de color pero se le tostaba, y el padre se tiraba de cabeza contra las olas que venían, decía él, de lugares a los que no se llega a pie.

Procedían del otro lado del océano y el envoltorio de papel áspero los mantenía intactos hasta la hora de merendar, cuando el maestro los repartía. Llamaba a los niños por el apellido y las criaturas hambrientas se levantaban de las banquetas y se acercaban a la tarima con las manos juntas y abiertas como si fueran platitos. Cremosos y muy amarillos, se pegaban a los dientes. El mejor momento del día, para Arnau, era meterse el quesito en la boca y escuchar los gemidos de satisfacción de sus amigos al masticar, y aún no se lo imaginaban pero aquel placer solo volverían a sentirlo cuando, muchos años después, pudieran hacer el amor.

Al maestro también le correspondía un quesito y se lo comía con cuchillo y tenedor, sobre un trozo de madera que guardaba en el cajón de su escritorio. Dividía el quesito en cinco porciones, iguales y exactas, y de lo que más disfrutaba era de poder castigar a todos los chiquillos a la vez y que se arrodillaran y estiraran los brazos hacia los lados, porque con los niños así clavados a modo de cruces la clase parecía un cementerio.

Y ellos se lo pasaban bien, y los más ricos estaban en la primera fila. Eran los que más recibían y los otros creían con firmeza que era un castigo de Dios, que el dinero te puede dar un buen asiento en el colegio pero no te salva de los golpes del maestro cuando te equivocas al leer. Y se trataba solo de una casualidad, porque tenían un físico esmirriado y más todavía cuando encogían los hombros. Pero la vergüenza se la merecían porque era cosa sabida que los ricos son quienes obligan a los demás a ser pobres. Y eran los primeros en ser capturados cuando jugaban a indios y vaqueros. Se ponían todos de acuerdo y se chivaban para poder llevarlos amarrados con una cuerda y pasearlos por donde quisieran. Por un momento tenían el poder. Y siempre se dividían igual, los indios eran los que vivían en la parte sur del pueblo, la que iba desde la fuente de la plaza hasta el mar, y los vaqueros los de la parte alta, que hacía pendiente y donde todas las casas eran blancas. Vistas desde el camino de grava, parecían botellitas llenas de leche.

Arnau y Enric eran indios y buscaban tierra húmeda para pintarse dos rayas de barro en cada mejilla, y así se volvían valientes. Se fabricaban cañas de puntas afiladas y, cuando descubrían a algún vaquero con dos palos mal atados a modo de pistola, se le acercaban por detrás y le rascaban el culo y la barriga y gritaban, y mientras lo hacían se tapaban y destapaban la boca, y al enemigo le ataban las manos y se lo llevaban con ellos a pinchar a más niños. Y el prisionero era suyo para siempre, hasta que oscureciera y las voces de las madres resonaran por todo el pueblo y los ecos en las esquinas las convirtieran en una canción popular.

Ellos crecían y las calles los veían crecer, y allí no pasaba nada hasta que pasaba de todo, y los chiquillos se ahogaban y aparecían medio flotando, medio empotrados contra las rocas, y otros ya fumaban puritos antes de hacer la primera comunión, y a muchos les partían las cejas si el vino se subía demasiado a la cabeza. Pero los indios y los vaqueros tenían tiempo para matarse y, con el queso bien digerido y la energía recorriéndoles el cuerpo, corrían y pisaban territorios enemigos hasta que se cansaban de la guerra y liberaban a los perdedores para regresar a casa cogidos de la mano.

VIII

DÍA CUARTO

Las noches de los primeros días que estuvimos juntos, poníamos la radio y abríamos el balcón. Nos sentábamos en el sofá y cenábamos con el plato en las piernas. Al terminar, dejábamos los platos en el fregadero y yo abría el grifo y los dejaba en remojo y salía a fumar. Oía a Aurora en su habitación sacar la mochila de cuero de debajo de la cama y ponerla sobre la sábana, y el sonido de la cremallera que bajaba, y después me imaginaba el de sus dedos tocando la tela de lino y algodón. Cada noche hacía lo mismo. Desplegaba todos los vestidos, los observaba, los colocaba uno al lado del otro y se los iba probando encima del pijama corto de verano, dando vueltas sobre sí misma para ver cómo se movían las faldas.

Aquella mañana nos había llegado el espejo largo. Lo encargué porque en casa solo tenía el del baño, que muestra desde la cabeza hasta el ombligo, y me daba pena verla mirarse en el reflejo de la gran ventana del comedor. Un chico enclenque, con la cara llena de granos, subió el paquete por las escaleras y llegó a la puerta con la boca seca y la piel aceitosa y sudada. Le ofrecí un vaso de agua. Aurora movía los pies y yo sabía que tenía ganas de sacar el espejo del cartón y mirarse entera.

Lo dejé apoyado contra la pared del pasillo corto, entre el comedor y su cuarto, y el marco era de madera tallada y lavada. Aquella noche el cielo parecía una fiesta, porque el viento había arrastrado las nubes fuera de Barcelona, y todavía quedaba mucho para que llegara San Lorenzo pero vi dos estrellas fugaces. Dejaron un rastro de luz y, por el rabillo del ojo, vi cómo Aurora se acercaba al espejo, daba vueltas, se alejaba y decidía cuál sería el vestido elegido para el día siguiente.

Pasó la tercera estrella y la llamé y hundí la colilla en el tiesto de los geranios. A pesar del calor, la tierra estaba fresca, y la niña apareció en el balcón con un vestido azul cielo, y los bajos eran como olas, ondulantes y con un ribete blanco que parecía la espuma del mar. La cogí del brazo desnudo, la acerqué a mí y le dije, mira hacia arriba, y lo hizo. Tenía la piel caliente y limpia, y creo que se lo pasaba bien haciendo lo que le mandaban. Yo también soy un poco así.

Pasamos mucho rato con el cuello estirado. Tanto, que me fumé otros dos cigarrillos mientras intentaba echar el humo hacia el otro lado, para que no le escociera en los ojos ni le ensuciara el pelo. Y ella se daba cuenta y se quedaba quieta para que no me pareciera que le molestaba, y era como bailar con una pareja a la que no conoces y tener miedo de pisarle el callo. Al final sí que vimos la estrella y los dos soltamos una pequeña exclamación en voz baja, y después nos fuimos a dormir, y aún la tenía aferrada a mí. Al día siguiente se puso un vestido diferente, de color rojo con la falda recta, y en el lugar por donde la sujeté le había salido un moratón.

A Ariana se le enrojecían los mofletes si no llevaba el gorro de paja atado al cuello. Caminaba indecisa porque había aprendido a hacerlo hacía un par de meses y tenía la piel de las piernas tirante. Le gustaba separar las semillas de los higos, metérselas en la boca y masticarlas para luego escupirlas, y perseguía a las cabritas en el establo para poderlas abrazar y frotarse la piel contra su pelo.

En el mes de abril, el padre plantaba el arroz y Arnau y Andreu le ayudaban. Inundaban el campo con agua dulce y cuando metían los pies notaban que los gusanos y los mosquitos les hacían cosquillas, y la vida era tranquila. Arrojaban con fuerza las semillas al barro, y a los hermanos se les acababan cansando los hombros y el cuello porque no eran forzudos y resistentes como el padre, y todavía tenían las voces de pito.

Arnau sujetaba un puñado de los granos recogidos en la mano izquierda, y con la derecha los esparcía, y cada año le preocupaba que algún trozo de tierra se quedara sin semilla de arroz y se volviera estéril y triste. Andreu se había quitado la camisa y la llevaba atada a la cintura y el sol le dejaba el cuello de color café pero la tripa se le quedaba blanca, y era más fuerte que su hermano pero al lado del padre se le veían los brazos delgados, y lo sabía y por eso se esforzaba.

El campo estaba al lado de casa, con una hilera de piedras redondas como única frontera que separaba los dos terrenos, y mientras los hombres plantaban arroz con los pies en remojo, la madre y Ariana tomaban el sol que ellos maldecían y les lanzaban miradas perversas para darles envidia. Se habían puesto ropa de verano, camisetas blancas y faldas por encima de las rodillas, y la madre había sacado dos sillas de la cocina, las había colocado una delante de la otra y se había tumbado entre las dos, con Ariana descansando en su tripa. Y la niña la abrazaba y el sol las hacía sudar y las unía. Se oía el ruido que hacen los caminos de piedras cuando pica mucho el sol, cuando todo se deshace y todo se rompe lentamente, y el de los insectos sedientos, escondidos entre las malas hierbas, y el de los pájaros cantores refugiados en los árboles amarillentos y el del chapoteo del agua cuando la remueves. De repente apareció una voz que todos conocían, acompañada de resoplidos de cansancio y rostros desencajados de lástima y miedo.

El padre salió del campo con el gorro mustio en la mano mientras miraba hacia el mar. Los gritos se acercaban, y con ellos un hombre que corría haciendo aspavientos como si lo persiguieran, y la madre resopló y se llevó a la niña hacia dentro; en el brazo derecho tenía a Ariana encaramada y con el izquierdo arrastraba las sillas y levantaba polvo. Arnau bajó la mirada y siguió plantando para distraer la mente. Y Andreu se preparó.

Cuando aquel hombre que llevaba una escopeta colgando y se llamaba Ferran estuvo delante del padre, se le echó encima y los dos cayeron al suelo, abrazados. Ferran agachaba la cabeza y casi parecía que iba a hundirse en la tierra, y le iba diciendo escóndete, escóndete, corre, corre y lo cubría con el cuerpo y de vez en cuando se enderezaba, se descolgaba la escopeta del hombro y disparaba al cielo pero el arma estaba vacía. Y la sangre le subía hasta los ojos y le recorría las venas y se le hinchaban y a lo mejor le iban a estallar. Y le temblaban los labios al pensar que lo iban a matar. Y el padre no hacía ni decía nada mientras aquel hombre lo tenía ahogado para protegerlo de una muerte invisible, con una paciencia que ni su mujer ni sus hijos conocerían nunca.

Andreu lo observaba todo con un labio alzado y un gesto de asco en la cara. Arnau seguía sembrando y, como hacía cuando de pequeño la madre le quemaba la piel, pensaba en las blusas almidonadas de las niñas que cruzaban el pueblo para ir a costura con una maletita en la mano llena de hilos y agujas hilvanadas, y muchas veces daban saltitos y les bailaba el pelo. Ferran acabó por calmarse, dejó caer la escopeta sobre la grava y se quedó quieto. El padre se lo quitó de encima, lo levantó como quien recoge una manzana del suelo, consciente de que lo que recogía era frágil y debía ir con cuidado, le rodeó la cintura con el brazo y dijo que lo llevaba a su casa.

Y mientras esperaban a que regresara, los chiquillos se quitaron la ropa sucia y se lavaron la cara y los pies con el agua estancada, y se sentaron bajo la higuera a esperarlo, porque sabían que querría hablarles de cosas que llevaba a cuestas y que habían sucedido cuando todavía no era el padre ni el marido de nadie.

El padre se llamaba Armand y siempre iba al grano. Cuando quería que le escucharan, llamaba a los niños con voz melosa y ellos acudían corriendo porque así lo podían conocer. Se sentaban bajo el árbol y él caminaba arriba y abajo y los otros dos mascaban trigo tierno con los hombros echados hacia atrás, y no decían ni mu.

Y siempre eran historias de cuando había hecho la guerra, y no se sabía si hablaba para aleccionarlos o para liberarse él, y antes de empezar se humedecía los labios y ello requería un gran lametón, y arrancaba: *mon pare* me obligó a ir a la guerra. Con diecisiete años recién cumplidos, y yo trabajaba en *lo* mismo sitio en *lo* que trabajo *ara* y donde vosotros trabajáis conmigo, pero antes teníamos unas judías verdes muy lozanas, una cosa seria… trepaban por los árboles y todo estaba más verde y más dichoso… y un día me dijo que o me presentaba *voluntari* o ya podía largarme. De manera que escribieron mi nombre en una lista y firmé abajo con una cruz porque nunca me habían hecho firmar en ningún lado, y me avisaron de que tenía que llevar un plato, un tenedor y un cuchillo afilado. Y camisetas que no *fossen* largas que era verano y la calor marchita. Y súbete al tren y resulta que la gente se mataba aquí al lado y solo me pudieron dejar unos *pantalons,* y andaba con medio uniforme y era mitad soldado y mitad persona normal. Ni un par de botas pude encontrar. Hijos, aquello fue gordo… a salvar *lo* mundo en *espardenyes.* Cruzamos *lo* río enseguida y no podía acostumbrarme a la ropa *nova* de ninguna de las maneras, porque era de un color sucio que yo no había visto nunca. Era demasiado feo para que existiera en los caminos de cipreses y en las playas largas de este delta mío, y *mos* hicieron pasar los primeros a los que éramos de lugares de *aigua,* y detrás vinieron los otros en las barcas de madera, y yo pensaba, ¿de *veritat* hay gente que no sabe nadar? ¿Y para qué viven, si no es para tumbarse en *l'aigua* y dejar que la corriente los lleve? Y eran iguales que las de los pescadores que yo conocía, los que bebían vino tinto en la taberna hasta que se volvían pelirrojos, y a mí me encantaban solo porque sabían navegar en la mar abierta. Aquella noche maté a un *noi* y los dos íbamos vestidos casi iguales. Le disparé en la cara y creí que notaba la bala perforándole la piel y los ojos y colocándosele en *lo* cerebro, ¿os lo podéis imaginar? A partir de entonces empecé a oler a río, que es la olor de *l'aigua* sucia y estancada, a *merda,* vaya, y lo tenía siempre pegado a la nariz y todavía lo huelo a veces por la mañana cuando abro los ojos o cuando se me hace de noche cogiendo *patates* o alguna tarde cuando cenamos. Y es una olor que da asco porque no es *d'aigua* que corre libre, y lo odiaba pero a veces me aburría tanto que me echaba a nadar, y un montón de pececitos me venían a buscar y se me comían la piel y no estaba del todo *malament.* Era como si alguien me hiciera caricias y aún se acordara de mí. Y dando brazadas escondido de l'aire me acababa alejando y algunos días encontraba a un *noi* de los otros, rubio, con l'arma a la espalda, vigilando, y me levantaba una mano. Me hacía *adeu* y la movía así, para saludarme. Y yo nadaba como una rana hasta mi riba y hubiera sido muy triste morirme en un sitio que me daba igual. No me acuerdo mucho de los *nois* que estaban conmigo porque se creían que eran hombres, pero eran críos, y los mataban, y los que *mos* salvábamos cavábamos tumbas que eran agujeros hondos sin bendecir, entre los olivos bordes. Los tirábamos dentro haciéndolos rodar porque comíamos poco y no hubiéramos podido sujetarlos. Llegaban al cielo muy mareados y con la cara sucia y la piel que les olía a oliva madura. Y cuando caían se quedaban con *lo* cuerpo encogido hacia un lado y con las rodillas cerca de la cara como si no hubieran nacido. De aquí, del *poble,* éramos cinco, y los mataron a todos menos al Ferran y a mí, y cuando *mos* dejaron volver a casa y ser libres de verdad, los *pares* y *mares* y hermanos de los demás se hacían mala sangre cuando *mos* veían desnudos y saltando las olas, y se hubieran sentido mejor si *tots* hubiéramos acabado en *lo* mismo sitio. Y al Ferran le daban mucho miedo los aviones que *mos* bombardeaban y creo que llegó a tener tanto que se l'estropeó la cabeza y *ara* se cree que todavía estamos allá, con aquel ruido de mil millones de moscas volando juntas y los pilotos que se debían pensar que éramos hormiguitas y nosotros con los brazos al cielo, pidiendo *perdó* y ayuda y *tot* a la vez, y después los oídos taponados y las nubes de polvo y piernas y cabezas esparcidas por todas partes. Y miedo cuando dejaba descansar la escopeta en *lo* suelo y me tumbaba al lado con *lo* dedo pegado al gatillo, y miedo cuando me despertaba *l'aigua* haciendo remolinos y olas de mentira, y miedo cuando *mos* engullía la noche a todos y *mos* dejaba desnudos, y de no conoceros a vosotros ni a l'Ariana ni a *la vostra mare.* Y miedo de morirme y de no morirme porque era joven pero ya me daba cuenta de que la guerra la haces siempre. Pero *tot* mejora. *Tot* va mejor, y desde que me quitaron *lo* pulmón, bueno, *lo* medio pulmón, estoy más contento y me encuentro bien, porque se me puso enfermo allá al lado de *lo* río y *ara* ya la tengo fuera de mí, aquella *aigua* que embrutece, me la han sacado con un cuchillo afilado y *ara* ya está.

Y se subía las mangas, les enseñaba la piel morena y relajaba la cara. Se parecía a su hijo mayor y el hijo mayor se parecía a él en todas las cosas, y ninguno de los dos sabía si eso era bueno o malo. Y después los hacía entrar y bebía mucha agua y ya estaba limpio por dentro.

DÍA SEXTO

Salimos muy temprano a comprar el pan. Había nubes que descargaban cuatro gotas y después se marchaban, y regresaban y lloviznaba un poco más y paraba, pero no salía el arco iris. Aurora tenía cara de sueño, con los ojos hinchados, y bostezaba. Se me enganchaba al borde de la camisa porque la tienda estaba llena de mujeres y no quería que alguna la confundiera con una hija suya y se la llevara de la mano. Eso es lo que pensé que pensaba.

La señora delante de nosotros pidió un brazo de gitano de crema con mucho azúcar glas por encima. Con la mano que le quedaba libre, Aurora se sujetaba la falda del vestido. El de ese día era negro, liso y le caía recto por debajo de las rodillas. Nos llegó el turno y compré un pastel de nata y fresas y un panecillo redondo. El pastel sería todo para mí y ella se iba a tostar una rebanada del panecillo y a mejorarla con un chorrito de aceite. La pastelera lo envolvió todo en un papel sedoso que transparentaba. El pastel lo sujetaba yo y dejé que ella llevara el pan, y le pedí que me cortase un trocito. Ya estábamos fuera, en la plaza, y me agaché para que nuestras caras estuvieran a la misma altura.

Le mostré las manos ocupadas por el *brioche* y arrancó un trozo de pan caliente y me lo metió en la boca. Yo cerré los ojos para darle las gracias, me incorporé y me puse a caminar. Ella se volvió a agarrar a los bajos de mi camisa, y aquel día la gente parecía tranquila y las vecinas iban cargadas y cogidas del brazo de otras vecinas, y decían, qué bien que hoy no hace tanto calor.

Paseamos hasta que vi una mercería. Entramos y todas las paredes eran cajoncitos de madera de los que salían recortes de tela, cintas métricas, medias oscuras y también de aquellas blancas y espesas. Las mujeres que se las ponen acaban pareciéndose a un tubo de pasta de dientes. Se oía el rumor de una máquina de coser y olía a personas mayores. Le pedí a la dependienta una tira de tela de color amarillo, no muy ancha, de dos o tres centímetros, y de medio metro de largo más o menos. Ella abrió un cajoncito, sacó un rollo de cinta amarilla y lo cortó exactamente como le dije. Le pagué con una moneda y en la calle pedí a Aurora que sujetara el pastel y levantara los brazos, y demostró un equilibrio de trapecista, porque sostuvo los dos paquetes sobre la cabeza y yo le pasé la cinta por la cintura y le hice un lazo por delante, a la altura del ombligo, y también tiré de la ropa por la parte de arriba para que le quedara abombada. Así iba a caminar más libre.

Me dijo que le gustaba y en casa merendamos, yo el *brioche* cubierto de nata y ella el pan frito en la sartén, y por la tarde llovió con fuerza y nos echamos una siesta larga, cada uno en un extremo del sofá. El agua nos meció y al día siguiente Aurora se volvió a poner el vestido y el cinturón amarillo.

Carmen se murió una tarde en que Arnau jugaba a indios y vaqueros. Andreu rondó por la plaza, la ermita y la era hasta que apareció en las vías del tren que estaban a medio construir, diciendo que Carmen la ha diñado y que la *mare* os busca, y los críos estaban robando tablones para llevárselos a casa y hacer fuego gratis en otoño. Se dirigieron a casa de los señores, Arnau al manillar y Enric en el asiento, y el mayor pedaleaba con el culo levantado.

El perro guardián, que daba miedo, descansaba al lado del pórtico. Arnau se agachó y le acarició las orejas con gesto inseguro. Lanzó la caña al jardín antes de entrar, la oyó dando latigazos en el aire y Enric hizo lo mismo. El recibidor era grande y ancho, y al entrar enseguida te veías en el espejo redondo con el marco pintado de oro que había arrimado a la pared. El suelo estaba lleno de jarrones de cerámica envejecida con flores, rosas y lirios y geranios, y había una barbaridad de aquellas otras silvestres que la madre se metía en las mangas y no se tenían que comprar en ningún sitio ni costaban dinero.

Se oían llantos y gemidos, y ellos siguieron el alboroto escaleras arriba, manchando la alfombra, hasta la primera habitación, que era la de invitados, donde Carmen yacía muerta, tumbada en la cama con un vestido de dos piezas de color violeta y una rosa entre las manos.

Tenía los ojos cerrados y la boca torcida. Tal vez había sabido que se iba y quiso decir adiós y le salió una mueca. Era el primer velatorio para aquellos dos niños que se adornaban las mejillas con tierra mojada, y no lloraban pero les temblaban las piernas e iban mirando a la muerta, a quien parecía que se le hubiera podrido la piel.

El padre llevaba un puro en la boca y reía y gritaba para que se le oyera por encima del barullo. Iba enfundado en un traje de pana negra y los cogió a ambos por el cuello, para ser afectuoso, y el tacto de sus manos duras y callosas los hizo encogerse. Les ordenó que se despidieran de Carmen y ellos caminaron hacia el cuerpo dando pasos pequeños para hacerlo durar.

La estancia olía a gente arreglada, a día de bautizos en la ermita, a baño esmerado en el barreño de zinc. Haciendo zigzag evitaron hablar con las mujeres orondas que murmuraban entre sí, pero les cayeron unos cuantos pellizcos en las mejillas, y para Enric fue como el día de Reyes. Alguien le puso una moneda agujereada en la mano. Se inclinaron sobre las sábanas con letras de hilo verde y cada uno cogió una mano muerta y los dos sentían a su amigo al lado mientras acariciaban los pétalos de la flor, con cuidado de no romperlos.

El cadáver empezaba a oler mal y, en la raíz del cabello, en la frente, le habían aparecido unas manchas de color castaño, y Arnau estaba seguro de que era la suciedad que todos llevamos dentro y que cuando nos llega el final la sacamos para presentarnos bien limpios ante Dios. Y de repente lo cogieron y le dieron la vuelta y era la madre, con la cara mojada y los ojos hinchados, que se lamía un dedo para frotarle el barro de la cara y le refunfuñaba, maleducado, con la cara sucia, la cara sucia y las rodillas llenas de tierra en un velatorio… Y, cuando lo dejó limpio, le cruzó la cara de un bofetón y lo dejó ahí plantado.

Él bajó la cabeza y el padre continuó con el puro que no le cabía en la boca y las culogordo siguieron con sus conversaciones chafarderas y a nadie le importó. Fue la única vez que la madre le pegó. Lo hizo sin mirarle y el golpe fue perfecto, hizo daño y ruido.

Una noche, cuando la madre, Àngela, tenía nueve años, entraron al piso del Eixample cuatro chicos vestidos con petos azules. Tiraron abajo las estanterías de hierro, y los libros volaban como si estuvieran vivos y se hubieran vuelto locos, y se abrían y parecían cascadas. El más alto la besó en los labios y la lengua le sabía a sudor y a tabaco.

Sonaba la sirena y se apresuraban a refugiarse bajo tierra y la gente corría como si hubiera enfermado y se fuera a morir, y a lo mejor sí que se iban a morir. Se fijaba en las caras de las mujeres y los niños e intentaba retenerlas, y durante su infancia creyó que los hombres son diferentes y van y vienen y no pueden vivir siempre en el mismo sitio. Y lo cierto es que no los veía porque estaban matándose. En los bajos de las casas buscaba a la gente que había visto en la superficie, y si sus ojos de nieve la encontraban, se quedaba tranquila. Cuando los aviones se alejaban, salían recelosos, como animales acostumbrados a la oscuridad, y se abrazaban las madres y los hijos y los hermanos, y a Àngela le escocían las pupilas y le preguntaba a su padre, ¿por qué no has hecho la guerra? Él respondía que era demasiado viejo, y en efecto lo era, con el pelo blanco y la frente llena de pliegues.

Tenía una editorial pequeña y a todos los libros les ponía cubiertas negras y, a pie de página, el dibujo de una gaviota con el cuello estirado hacia arriba, esperando la comida del cielo. Leía los periódicos a la hora de comer y los cubiertos se ennegrecían por la tinta, y bien cubierto en la cama, las novelas cortas del salvaje Oeste, y en el metro leía los anuncios de colorines y la propaganda que repartían los jóvenes de ojos temerosos. A Àngela le enseñó a leer para poder sentársela en el regazo y quedarse inmersos en dos historias diferentes a la vez, pero abrazados.

Primero reconocieron las vocales y después las consonantes, y ahí tuvieron problemas porque costó pronunciar las erres, y la niña se cansaba y se tenía que sujetar la cabeza con las manos para no dormirse. Y, para que no se acabara de aburrir, él le hizo elegir un libro con la cubierta bonita y, en el que escogió, Joe vivía al otro lado del océano y Joe suspendía el examen que hacía en el segundo capítulo y Joe tenía una hermana lista con el pelo rizado, y lo único que quería era pelearse con chiquillos de otros barrios y echar a volar cometas.

Y esas Navidades, Àngela tuvo una cometa naranja brillante y los tres la echaron a volar en el Somorrostro, la madre sin los pendientes y con un vestido liso que no tenía ni gomas, y el padre solo con una camisa y unos pantalones sin cinturón para poder cruzar tranquilos por las barracas. Y, con la tripa llena de fruta almibarada, les ponían buena cara a los niños andrajosos y Àngela envidiaba a las niñas que hacían rodar neumáticos grasientos con las mejillas llenas de arañazos y eran tan libres como una lo puede ser. Pero como hacía viento y el hilo se les enredaba en los brazos, ese día se cansaron pronto de hacer volar la cometa.

Las piernas se le alargaron enseguida. El estirón llegaba camuflado de fiebres y ella salía a pasear con el hijo de uno de los escritores del padre. Iban cogidos del brazo por toda Barcelona y él tenía una peca encima de labio que le sentaba bien y, cuando tardaba en afeitarse la barba incipiente, la peca quedaba escondida. Vestía como un señor mayor, con chaleco y un reloj de bolsillo con la cadena dorada, y solían caminar hasta Montjuïc y miraban escaparates. Àngela alzaba los ojos al cielo y se fijaba en los jardines de la ciudad mal encajados en las galerías, con las plantas que buscaban la luz del sol y las hojas que escapaban del interior, y se imaginaba la vida ahí dentro, con el chico que la sacaba a pasear, dos o tres chiquillos y las persianas de color beige, y solo de pensarlo se le formaban arrugas al final de los ojos.

XIV

El aceite y el pescado eran lo único que no podían hacer crecer en el terruño, y cada lunes Àngela subía al pueblo. Primero con Andreu; cuando se hizo lo suficientemente mayor, con Arnau; y cuando tuvieron a la niña, con la niña, para que aprendiera a contar el dinero y a llevar el cesto de mimbre con gracia y la espalda recta. Y llegaban y no eran forasteros, pero les parecía extraño eso de vivir los unos al lado de los otros con las paredes pegadas y tener que oír las penas y alegrías de los vecinos. Eso estaba mal porque era de cotillas. Tantos años cerca de las mareas los habían vuelto desapegados, pero sonreían y levantaban la cabeza y decían adiós enseñando los dientes.

Primero paraban en casa del pescador, que ya había cosido cinco sacos de los de guardar café y algarrobas, los había unido con retales de tela sobrante y había atado cada extremo de aquella manga rugosa a los dos limoneros que protegían la puerta de entrada. Las raíces hacían que al suelo le salieran grietas como les pasa a los labios cuando hace viento. Se lo encontraban con las manos cruzadas sobre la cara, protegiéndose del sol, y Ariana le pinchaba con la uña el vientre voluminoso y el pescador fingía que lo estaba hiriendo, y al reírse se veía que le faltaban tres dientes de abajo.

Las hacía pasar al almacén, donde vivía con cajas que le hacían las veces de muebles y de cama, y en un rincón tenía una bandeja con las sardinas envueltas en periódicos y cubiertas con sal. Àngela pagaba por siete u ocho y el hombre las cocinaba en el patio, agachado al fuego, para que la casa no cogiera olores, y colocaba los peces sobre las tejas y la piel quedaba crujiente y la carne de dentro tierna y blanda. Ella le ponía tres monedas en la mano peluda y él le regalaba una sardina a la pequeña, y cada semana le repetía lo mismo, esta es solo tuya, que no te la birlen.

Las colocaban al fondo del cesto y Ariana conseguía llevarlo con las dos manos y resoplando, y luego descansaban en la fuente. Àngela se lavaba las manos para quitarse el olor a sardina, y con el chorro de agua se le salía el anillo de casada y Ariana se lo pedía, y se lo probaba en el dedo gordo y así llegaba al colmado engalanada.

A primera hora de la tarde, la dependienta estaba medio dormida y muchas veces se equivocaba con el cambio y les devolvía alguna moneda de más, y Àngela, de regreso a casa, se quejaba de que esa mujer tenía nombre de chica joven y no concebía que alguien tan mayor no se llamara como una planta curativa o una santa torturada. Con las gafas sobre la cabeza y un hilo de rosario que las sujetaba al cuello lleno de manchas, les preguntaba qué querían, y la madre decía que dos botellas de aceite, y dejaba dos billetes en el mostrador antes de verlas, y la mujer se escondía en la trastienda y salía con dos botellas de oro líquido.

Ariana le acercaba el cesto y la dependienta las metía dentro, y la sal gorda crujía por el peso nuevo que le endosaban. La tienda olía a chufas en julio y a boniato en octubre, y todo estaba a la vista y era de los colores de la tierra, y al verlo te sentías en el centro del mundo. No te hacía falta nada que no estuviera allí, y eso era suficiente para estar tranquilo. Cuando el dinero llegaba a la caja, la dependienta devolvía el cambio a Àngela, y hundía la cuchara grande de madera en un tarro de miel que tenía abierto al lado de las avellanas y se la pasaba a la niña, y ella lamía hasta que la lengua se le embotaba y allí debían de vivir las babas de todos los niños del pueblo.

La madre cogía el cesto y se pasaba un asa por detrás de cada brazo, cargándose la compra a la espalda, y Ariana tenía que vigilar que no se le cayera nada. De regreso pasaban por la alberca y ahí veían a las mujeres jóvenes que quedaban los martes a la misma hora para no tener que lavar con las mayores. Si hacía buen tiempo, se atrevían con vestiditos rojos y verdes de talles estrechos y alpargatas con un poco de tacón. Al verlas, saludaban a Àngela y ella les respondía con sus mismas palabras, y nadie diría que no había nacido en ese rincón del mundo. A Ariana se le acercaban todas, le tocaban el pelo y la ponían a bailar y a ella le parecían tan guapas que se le nublaba la mente.

Armand regresó de la batalla flaco y enganchado al tabaco rubio. Un día el padre se levantó, se arremangó los pantalones, se ató los cordones de los zapatos y se fue trabajar; a su regreso, la madre todavía estaba en la cama, despierta, pero respiraba tan suave que parecía que se reservara las fuerzas. Y durante los días siguientes ni comía ni hablaba ni oía.

Armand la cogió en brazos y la llevó por la sala, con el cigarrillo en la boca y el humo elevándose hacia el techo y el padre detrás, transportando la manta, y la colocaron entre las dos butacas moradas porque allí daba el sol a todas horas, y quizás la madre era como un geranio que se había quedado sin agua y luz, y tenía que revivir. Pero no revivía y a Armand le angustiaba porque le recordaba a un árbol incrustado en la tierra, con los gusanos rondándole el tronco para dejarlo sin sangre, y a veces la destapaba para estar seguro de que no se la zampaban en silencio, y lo peor era asimilar que quien se lo había enseñado todo no se movía porque no quería.

Y sentía rencor y tristeza porque quería sentarse en las acequias y que la fuerza del agua la empujara hasta la playa, pero tenía que preparar un fuego debajo de la higuera y cocinarlo todo en una sartén oxidada, y el aceite de oliva era muy caro y la vendedora una mala pécora, y si la vida era eso ya se podía morir.

Y la madre se murió una noche en que Armand metía las brasas porque refrescaba y se sentó en una esquina de la manta. Ella cerró los ojos como si fuera a dormirse y a él se le fue la desazón de la guerra y de haberla perdido. El olor del velatorio fue el del café que la madre preparaba cada mañana y vertía en las tazas con las asas rotas. Los primeros años, el hijo lo vomitaba después de andar un rato por el huerto. Los granos molidos tenían una consistencia que su cuerpo, aún de persona a medio hacer, no asimilaba. Y la madre los aplastaba y estallaban como pólvora en la noche de San Juan y sacaban todo lo que le podían dar.

Ahora que estaban solos, a menudo iban a Barcelona con el camión cargado. Comían como dos pajarillos para tener más género que vender y sus caras iban perdiendo grasa y solo los labios se mantenían iguales, carnosos y rosáceos. La mujer rica que les compraba el arroz les decía que un día iban a caer desfallecidos. A Armand le daba un par de monedas bajo mano y le regalaba los oídos diciéndole que con esa boca parecía una estrella de cine, y un día le preguntó si quería quedarse un par de semanas porque la bañera del cuarto de la criada se había atascado y porque necesitaba un hombre que no le hiciera ascos a los bichos que le invadían el huertito de las coles.

El chico respondió que sí sin pensárselo y el padre arrancó el camión y no se dijeron nada, ni adiós ni ya nos veremos ni hasta pronto, y Armand siguió a Teresa y se entretenía sumando las matrículas de los coches con los que se cruzaban, y hacía muy poco que se ahogaba con los puritos del padre y ahora vivía en una villa pintada de granate y los bordes de las ventanas de color crema.

A la pequeña villa se entraba por una puertecita que chirriaba, y en primer lugar quedaba el jardín, con rinconcitos de rosales de los que trepan y gardenias plantadas en tiestos de barro cuadrangulares, y al fondo había un huerto de tierra negra y con cañas montadas para que crecieran las tomateras, y parecía un campamento sioux. A alguien se le había ocurrido que, en el centro, estaría bien construir una fuente que también fuera una estatua, en forma de niño, desnudo y proporcionado y con el pelo rizado. Parecía el David si el David hubiera tenido edad de jugar al escondite inglés y de mearse en la cama. Sujetaba una manzana con la mano levantada, a la altura de la cabeza, y el rabillo de la fruta era el conducto del agua pero de allí no salía nada, y las avispas lo rodeaban y viajaban con el aguijón preparado hasta las escaleras de la entrada, sobrevolando en círculo los pies del chico de piedra.

En el recibidor te daba la bienvenida una armadura, con su casco y su espada y todo, y en el comedor tenían dos sofás de terciopelo verde tan largos como la estancia, y de las paredes colgaban los retratos de los padres, tíos y bisabuelos que recordaban a los habitantes de la villa que comían, vivían y tomaban el fresco en el jardín de prestado.

La cocina era pequeña, con los fogones y el horno y la despensa muy juntos para aprovechar el espacio, una mesa pequeña al fondo y una cocinera y una criada que siempre estaban allá metidas porque era el único rincón de la casa que sentían suyo. Las escaleras que subían al segundo piso tenían una baranda negra y fina, con trocitos pintados de oro y formas que pretendían recordar a las flores del jardín. En la subida, las vidrieras eran de cristales azules y verdes y amarillos y, cuando los atravesaba el sol, los colores se te metían en los ojos y te hacían ver cosas que en realidad no estaban ahí y parecía que ascendías a otro mundo.

Arriba solo había dos habitaciones, cada una con su cuarto de baño, y una fue para Armand. Teresa le dejó unos pantalones y una camisa de su marido viejo, que es viejo pero delgado y alto como tú, le dijo. Y él llenó la bañera que era igual que un huevo cortado y vaciado, y se metió y se deslizó por la superficie y tocó las baldosas del suelo con los dedos. Todas negras. Ni tierra ni polvo.

Bajó a cenar con la piel suave y arrugada. Mientras brincaba por las escaleras, la criada le tocó el brazo y le avisó de que no podía cenar descalzo. Llevaba el pelo recogido y tenía la cara redonda como un pan, y la verdad es que no era nada del otro mundo, pero a él le gustaron sus piernas porque llevaba medias transparentes que le hacían brillar la carne. Trajo dos zapatos marrones, se sentó en el escalón y le ordenó que levantara el pie, y él hizo caso y ella le puso un zapato, pero se sintió raro y le dijo que el otro pie se lo calzaría él solo.

DÍA NOVENO

La oí gritar en el balcón. Me acerqué y estaba dando botes. Había un gorrión en una de las macetas y, cuando me vio, se agachó, lo señaló y dijo, ¡mira, un pajarito! Yo me acerqué, y respiraba hinchando el cuerpo y ponía la cara que ponen los animales cuando saben que se van a morir; una expresión ausente y desafiante y que te hace sentir culpable.

Le toqué la cabecita. La tenía marrón y con una mancha negra y, al sentir mi tacto, agachó el cuello para esconderse dentro de sí mismo. Dije, pobre gorrión… y Aurora se incorporó y me contestó, es un pájaro. Yo continué acariciándolo y llamándolo en voz baja, gorrioncito, gorrioncito… y ella me cogía el brazo y me interrumpía: es un pájaro.

Entré en la cocina y junto al fregadero había un canto de pan duro. Lo rompí en trocitos con las manos, me los coloqué sobre la palma, abrí el grifo y los mojé y se convirtieron en una pasta densa y pegajosa. Cogí dos palillos y salí al balcón.

Aurora acariciaba al gorrión entre los ojos, y él abría y cerraba la boca porque la quería picar. Con uno de los palillos cogí un trozo de la pasta de pan y se la introduje en el pico. El animalillo me miró, tragó y abrió la boca para pedir más. Aurora cogió el otro palillo e hizo lo mismo, pinchó un poco de esa masa amarillenta y lo hizo con tantas ganas que me perforó la piel. Yo no me quejé y el gorrión se comió su bocado, y ella se giró hacia mí para enseñármelo.

El pajarito se murió justo antes de cenar. Yo estaba salando la carne y Aurora le hacía compañía sentada en el suelo de cemento del balcón, con las manos agarradas a la barandilla oxidada. Llevaría las manos manchadas de polvo naranja hasta el día siguiente. Se ve que abrió mucho el pico y cogió todo el oxígeno del mundo para que no le faltase durante el camino al cielo de los animales. Eso es lo que me dijo ella.

Lo pusimos en una caja de zapatos morada y, al estar muerto, se le caían las plumas con facilidad y el comedor entero empezó a oler a animalito volador, y a mí, que no me gustan los pájaros porque tienen un ojo en cada lado de la cabeza y no miran como las personas, los perros o los gatos, me entraron náuseas pero me aguanté. Y Aurora escribió en la tapa de la caja: *Gorrioncito,* y me dijo, así sus padres y sus hijos y sus amigos sabrán dónde está y le traerán flores pequeñas y regalos.

Cuando anocheció bajamos a la plaza con una linterna y lo enterramos a los pies del plátano de enfrente de casa.

Encaramado a la estatua de piedra del niño desnudo, Armand le preguntó a Teresa dónde iba cada mañana. Sentada en las escaleras de la entrada, ella se cubría los ojos con las manos y se mordía con fuerza la lengua para que no le picaran las abejas. Le contestó que iba a aprender a sumar, a restar y a escribir en línea recta y sin faltas.

Subido como un mono en un banano, hurgaba en el conducto estrecho de la estatua con los dedos anchos. Quería que la fuente volviera a ser una fuente. Ya eres vieja para estudiar, le gritó para que lo oyera. Y ella se echó a reír abriendo mucho la boca y contestó que no tanto, que a lo mejor lo parecía porque se le arrugaban los labios y llevaba collares cada día, y que las perlas le hacen parecer una señora a quienquiera que las lleve. Y continuó diciéndole, con todo lo que sé hacer, podría ser secretaria de un abogado o de un arquitecto, atendería al teléfono del despacho con voz seductora y anotaría sus reuniones en una agenda negra, y le llevaría café por la mañana y, por la tarde, cuando fuera a marcharse, descolgaría el abrigo de la percha y se lo colocaría alrededor del cuerpo. ¿Y tú, qué eres?

Armand levantó las cejas y le preguntó a qué se refería. ¿Qué haces en la vida, de qué trabajas? Sé calló porque él solo era un chico, un chico joven y con fuerza en los brazos y buen nadador y buen amigo e incluso un buen hijo, pero nunca le habían dicho que eres el oficio que haces y eso no le gustó. Empezó, trabajo en el campo, con *mon pare.* Plantamos arroz y lo cuidamos y después lo segamos con unas herramientas en forma de luna y también ordeñamos vacas y en *lo* huerto de al lado de casa *mos* agachamos y recogemos lo que *mos* da. No dijo, soy payés o soy sembrador de arroz o soy ordeñador de vacas. ¿Y tú?, si solo aprendes y no trabajas, ¿qué eres?

Y Teresa dijo, yo aún no soy nada, y los dos se echaron a reír y a Armand le acabó picando una abeja en el cuello. Teresa se lo llevó a la cocina y le puso un cubito de hielo en la picadura y se lo aguantó un rato, ella de pie y él sentado encima del horno, y cuando el picotazo dejó de quemarle, Armand dijo, me gusta dibujar, a lo mejor soy dibujante. Ella le acicaló con las uñas su pelo demasiado largo y pensó que el primer hijo que se le había muerto ahora tendría sus mismos años.

En el primer parto se desmayó y, al recuperar el conocimiento, el médico le comunicó en un tono muy profesional que el bebé se había muerto nada más salir, que estalló en un llanto que había sido más bien un lamento y basta. Tenía las manos manchadas y se las frotaba contra la bata y se notaba que eso de traer niños al mundo significaba poco para él.

El segundo se le murió dentro de la tripa. Una mañana se levantó sucia de sangre y con las sábanas rojas y hasta las manos y la almohada y el pelo, y el doctor pensaba que era mejor así, al menos el bebé no se había cansado saliendo para nada. La avisó de que lo iría sacando e iría sangrando. El tercero se volvió a morir fuera y el cuarto y el quinto, dentro, y los sacaba y los enterraban en la parte trasera de la villa, también los que estaban a medio hacer, envueltos en una mantita y dentro de un ataúd blanco, con una cruz y el nombre de Teresa y el de su marido viejo. Los chiquillos muertos y los no nacidos no tienen nombre, porque nunca han acabado de existir. Y pasaba los días imaginándose cómo habrían sido sus caras y sus manos y sobre todo sus orejas; si despegadas de la cabeza o pequeñas y bien formadas y un poco puntiagudas, y la gente le decía que tenía suerte porque se le iban antes de que llegara a quererlos, y ella, al escucharlo, le habría mordido la cara a aquella gente y después se habría rasgado la ropa y habría gritado hasta que se le escapara la campanilla por la boca.

La pequeña villa era antigua y el jardín había que alimentarlo, y Armand regaba todos los parterres cuando oscurecía: las magnolias, las flores sin nombre, la tierra yerma… incluso las piedras, y parecía que todo el conjunto estuviera vivo. Teresa le llevó sacos de grava dura para rellenar muros y era lo mismo que hacer un rompecabezas, armar con ella una pasta y colocarla entre las rocas macizas. Y él era un poco eso, un punto insignificante haciéndose un hueco junto a todas las cosas grandes.

El marco de las ventanas se lo hizo pintar de ese mismo color crema, y le costó un montón conseguirlo, venga a mezclar marrón y blanco, y al final fue beige pero Teresa quedó contenta, y mientras él sudaba y trabajaba ella aplastaba olivas maduras y hacía que el aceite cayera en un cuenco y después se lo untaba en la cara. Y tomaba el sol, y la nariz y la frente se le ponían doradas y grasientas como la piel de un pollo frito.

Y la dibujó así, una mañana, reclinada en las escaleras de mármol, con el pelo corto recién lavado y sin polvitos de maquillaje, y con las abejas de fondo haciéndole compañía, y la blusa abierta dejando al descubierto las arrugas del escote. A ella le gustó y pensó en ese amigo suyo de las tapas negras y la gaviota a la espera de la comida.

Armand empezó a trabajar para Àngel y su primer encargo fue el de hacer una niña con dos coletas y un vestido de campana para una colección infantil. Después vino el de una serie de figurinas y vestidos para un libro de confección, jerséis de lino y camisas de seda y puños con volantes y faldas plisadas, y todos los conjuntos tenían que ser diferentes. También le encargó dibujar patos y golondrinas para una enciclopedia básica para la gente que observa los pájaros con prismáticos y se pasa el día escondida entre las hojas, y el famoso soldadito de plomo, con su sombrero alto y su uniforme de cordones dorados y su pierna desaparecida.

Armand prestaba atención a lo que le pedían y corría desde el Eixample hasta la pequeña villa con los ojos brillantes y dibujaba como si tuviera episodios de puro arrebato, con el corazón bombeándole sangre más caliente de lo normal, pero se sentía sano y despierto, y para él estar enfermo era pasar las horas sin tener una lámina cerca. Presentaba los esbozos impecables y ordenados, y con Àngel tomaban vino blanco, fresco y con un poquito de canela en polvo. Y a veces Àngela entraba al despacho para coger alguna novela o dar un beso al padre, y a Armand le entraban ganas de decirle que con el chico-hombre no podía ir, que iba vestido como un imbécil, con el chaleco prieto y las manos en la espalda como un falso sabio. Y le decía, ¿por qué siempre te repasa y te dice si el vestido de hoy te queda bien? Cada vestido de cada día te queda bien.

Una noche los esperó escondido en el portal, fumando un rubio. Llegaron cogidos del brazo y Àngela llevaba un conjunto rosa pastel y la melena recogida en una trenza y, con el hilo atado a la muñeca, un globo dorado. Se lo había comprado el otro a una gitana de la plaza Molina, y de este modo por la calle todo el mundo había sabido que tenía dinero para llevarla contenta y atada. Se despidieron en la puerta con un beso en la mejilla y, para no asustarla, Armand esperó a tenerla cerca y le susurró que lo siguiera, que le quería enseñar una cosa, y al hablar se le llenó la garganta del agua de rosas que ella se rociaba por la clavícula.

Y sus hijos serían guapos y difíciles, pero eso quedaba tan lejos que resultaba imposible de imaginar, y salieron y Armand iba delante y Àngela lo seguía con el globo que se iba desinflando y chocándose contra las fachadas. Giraron a la derecha en una esquina y continuaron recto y una más a la derecha y otra a la izquierda. Los pies caminaban a la vez y sonaban al mismo ritmo, y en los bajos de un edificio con barandillas doradas un caballo resoplaba y asomaba la cabeza por un agujero en la puerta de madera. Se lo oía respirar con fuerza y masticar paja. Lo vi el otro día, dijo Armand, a veces salgo a pasear de noche y *baixo* hasta aquí y mira… Es bueno y no hace nada. Àngela lo acarició entre los ojos y el animal le bufó en la mano. Apartó la mano asustada por el cálido soplido. Me gustaría entrar…, dijo ella en voz baja, y Armand contestó, no creo que podamos. Si quisieras venir conmigo al sitio donde nací, viviríamos en una casa más grande que esta, cerca del mar, y tendríamos un caballo como este, o dos, o los que tú quieras, y yo dibujaría y tú tendrías *xiquets* y dormirías hasta despertarte sola y te levantarías y desayunarías un higo del huerto y por la tarde bajaríamos a la playa y oleríamos el *arròs* que crece y siempre estaríamos de buen humor… Y ella entrecerró los ojos de cristal y le miró los dientes y se lo imaginó todo.

XXII

Un atardecer, aspiró el aire y se dio cuenta de que el verano se había esfumado. Tenía catorce años y corría hacia casa de los señores mientras pensaba que las granadas estaban ya para cogerlas, y salivaba. Se podía palpar la calma tensa previa a los hechos importantes y pensaba en Ariana, que cada otoño le repetía que esas bolas blanquecinas, que parecían llevar dentro los ovarios del árbol, le hacían estornudar. Y cada año la misma historia, y Arnau se empecinaba en que, al menos, probara un par de granitos y que estos le tiñeran la boca.

Trepó el muro esmerándose en colocar los pies dentro de los agujeros que el viento y los golpes habían ido formando, y parecían hechos para que un mocoso pudiera escalar y robar un ramillete de granadas. Y el perro guardián, desde abajo, ladraba y saltaba y arrancaba el yeso de la pared con las uñas, y Arnau le lanzó dos naranjas peladas que traía de casa, y el perro las mordió en el aire y se tumbó para comérselas. Sufría de hambre y de no tener compañía desde que Carmen se había muerto, y ya hacía tantos años que se había quedado solo que le habían crecido pelos blancos en el morro y en la parte exterior de las orejas.

Y el niño, que pronto dejaría de serlo, se sentó en lo alto del muro con una pierna colgando a cada lado, y como el granado crecía apoyado a la pared le resultó fácil coger los frutos. Arrancó cuatro y les dio unos golpes; sonaban rellenos. Estampó uno contra el suelo, bajó pelándose las manos con la piedra y, cuando sus pies tocaron la grava, vio las semillas que se habían desprendido, produciendo un jugo dulce y aguado. Probó una que había sobrevivido entera y fue como oír cantar a un coro de gente.

Protegía las otras tres granadas haciendo un saquito con la camiseta, y se dirigió a casa y al día siguiente podría coger más y al siguiente tres más, y ojalá Andreu lo hubiera visto subir al muro sin titubear.

Y cuando ya divisaba la higuera, oyó que en el campo segado de la izquierda el agua se movía; el mismo ruido que causa el peso del mar al salir de la playa. Una chica apareció en el camino de tierra con el vestido levantado y los pies cubiertos de barro. Iba decidida y sin vergüenza, y al no haber luna no se veían bien el uno al otro, pero se estaban acercando, porque llevaba lloviendo una semana y el agua del cielo todo lo mueve e intensifica los colores, y los dos niños se olfatearon y se estudiaron.

Arnau volvió a reventar una granada, se agachó, terminó de pelar la corteza dura que se había partido por la mitad, se chupó un dedo y con la saliva pegó en él una semilla. Se la acercó a la boca y le preguntó si la quería, y la niña descalza se lamió el dedo pulgar y la cogió y se la tragó. Y sentados en el suelo las iban pellizcando, y cuando ya habían tenido suficiente, ella se le acercó y le dio un beso en los labios que por poco le muerde; a lo mejor se había quedado con hambre. El beso fue azucarado y con el olor de cuando llega el invierno pero los días todavía son largos.

Se separaron y ella caminó hacia el pueblo, y Arnau recogió las dos granadas que le quedaban y se las volvió a embolsar en la camiseta. Llegó a casa y subió a la biblioteca. Le tocó la cara a Ariana y le dio a probar un grano que todavía llevaba pegado al dedo, y ella lo escupió y dijo que no le gustaba y él se rio y pensó que le daba igual.

Las semanas siguientes la vio paseando entre los campos y por la playa y pensó que debía venir de la ciudad, pero no se lo preguntó nunca. Solo se saludaban de lejos y después hacían como que no se conocían.

Tenía humo en el cerebro y, a veces, se despertaba y tenía las orejas llenas de costras y piel muerta, y creía que eso lo causaba la niebla que llevaba dentro, que de vez en cuando surgía y le liberaba los pensamientos. Cenaba en dos bocados, se levantaba de la silla y hacía un gesto con la cabeza en vez de decirles que se marchaba. La hermana pequeña le preguntaba a dónde iba y él no se detenía y luego se sentía tan mal que se quería morir.

Aquella noche en que el cielo era denso y de sal, Andreu caminó arrastrando los pies y el polvo le subía a los ojos. Los tenía oscuros y redondos y de pestañas cortas. Los otros tres los tenían transparentes porque eran diferentes. Él era igual que el padre; fuerte, tozudo, con los labios gordos para que el cigarrillo se sujetara solo entre caladas, y trabajador y ágil como los animales en la huida, y con una cavidad entre el cuello y la oreja para cargar cajas llenas. Y no tenía prisa por llegar pero tan pronto tocó la arena, se quitó la ropa y se lanzó al agua como quien se lanza a la cama después de un día cansado.

Las olas débiles le acariciaron el cuerpo desnudo y, al sumergir la cabeza, la sal no le picaba en los ojos porque estaba acostumbrado. Cuando se quedó sin el aire, salió a la superficie y se tumbó de espaldas y flotó tranquilo, y esas suaves corrientes lo amaban, y él también las amaba, y si se lo tragaban nunca moriría del todo. Y lo volvía a hacer y buceaba tanto tiempo como los pulmones jóvenes se lo permitían y, cuando tenía que salir, una mano que no vería nunca le apretaba el corazón y se lo partía en trocitos.

Un pez de lomo dorado pasó rozándole el brazo. Lo notó y enseguida lo vio, resplandeciente y nadando de aquí para allá, y ahora él tenía dieciocho años y no era consciente pero no volvería a ser tan valiente como entonces. Braceó y resultó sencillo porque la criatura de escamas era pequeña y se cansaba. Se estiró y la cogió y la sujetó entre las manos en forma de bandeja y, al regresar a la ropa, el pez aleteaba y le hacía cosquillas. Lo dejó al lado de la camisa y se iba vistiendo, y la marea subía y subía y se lo quería comer porque lo echaba de menos, y los pantalones le molestaban en la piel morena y húmeda, y el pez boqueaba, y cuando ya estaba muerto lo cogió por la cabeza y lo lanzó al mar y pareció un cometa y lo envidió, porque volver al lugar del que provienes debe de ser un alivio, como un suspiro.

XXIV

Llegaron de la ciudad a principios de noviembre y los arrozales estaban vacíos y la gente cansada de la siega y, puede que con la llegada de Àngela y su tripa llena, las personas que nacían y vivían y morían en el delta se habían encerrado en sus casas para no ver a nadie nuevo. Y con el embarazo el pelo le crecía sin mesura y pronto le llegó hasta el culo, y era sedoso y brillante como la primera capa del agua. Y el mar lo veían cada día; por la mañana ella sola, y en él se lavaba el vientre y los pies para que se deshincharan; y por la tarde con Armand, cuando él acababa de trabajar en el terruño. Paseaban con la ropa ligera, cogidos de la mano o de la cintura o, los días que se gustaban más, de la nuca.

El padre de Armand les dejó la casa y alquiló una habitación en el hostal de la estación. Por las noches oía el último tren llegar al pueblo, y se dormía con el silbato del revisor y el rumor de los viajeros cansados de los asientos duros y las frases y los besos dèl reencuentro. Después de comer, bajaba a beber un vaso de leche con Àngela y hablaban del bebé que iba a nacer, y luego solo se hacían compañía hasta que regresaba Armand. Se murió al meterse en la cama y el edredón rasgado se ensució con el humo del primer tren del día.

Y Àngela decidió que su primer hijo se iba a llamar como el abuelo muerto al que no llegaría a conocer y aprendió a hacer confitura de higos. Primero los dejaba en remojo dos días enteros, y después mezclaba el azúcar y el agua a fuego lento y, con cuidado de que no se pegara, echaba los higos seleccionados y pelados y lo machacaba todo con una cuchara de madera. Sus manos pecosas iban llenando botecitos de cristal con esa pasta y acababan guardados en la despensa y, si no los comían pronto, se les echaban a perder.

En primavera, con el sol encima de ella, una mañana se encogió de dolor porque el niño ya venía y todavía tenía los pies húmedos del baño matinal. Se dejó caer al suelo y la grava le perforó la piel, y no sabía si las mujeres que parían se iban a otro mundo y tenían el hijo allá y después regresaban. Los ojos grises se le volvieron negros como si las pupilas hubieran decidido hacer un trasvase, y los oídos se le taponaron, y tenía ganas de tumbarse y quedarse dormida, hacer una pequeña siesta; ya se sacaría al niño cuando se despertara... Juntó las manos y rezó y pensó que a lo mejor ya estaba muerta y no se había dado cuenta... ¿Acaso alguien te avisa cuando se te acaba esta vida?

Le dieron unas cachetadas y la agarraron por los brazos. Los dolores de las contracciones eran cada vez más constantes e intensos y se esforzó mucho en abrir los ojos. El sol se los quemó. Un niño con el pelo de punta tiraba de ella, obligándola a levantarse y a avanzar, y al final se rindió y se olvidó de la pereza y los dos caminaron con paciencia. Cuando estuvieron delante de la casa, Àngela la señaló con la cabeza y, una vez dentro, con las manos en el bajo vientre, corrió hacia la cama con las últimas fuerzas que le quedaban y se arrojó. La figurita que la había salvado de un parto al aire libre entró en escena cargando una olla llena de agua y restos de higos con azúcar, y era gracioso porque el tamaño del recipiente la obligaba a caminar espatarrada y con los brazos en alto, y se oía el chapoteo líquido golpeando contra el metal.

No era un niño, era una vieja menuda, con el pelo cortado sin gracia y los ojos almendrados, a medio abrir, y el cuerpo muy estrecho y sin pecho. Se movía como un animalillo asustado, dejó la olla a los pies de la cama y Àngela pudo oler la mermelada. Luego regresó a la cocina, cogió un trapo de esos que guardaban debajo del fregadero y le limpió las piernas mojadas, empapándolo, escurriéndolo y poniendo una mueca extraña por la fuerza que hacía. Y Àngela empujó, abierta, y la mujer-niño se puso a su lado y la acarició para que no se sintiera sola, y le pedía casi al oído que empujara y respirara y volviera a empujar, pero con voz calmada para no presionarla. Y ella ya empujaba y se mordía el labio para no montar un escándalo porque le daba vergüenza y porque no quería contagiarle su miedo al bebé, y degustaba el sabor de la sangre que se le metía en la boca y se le escurría por la barbilla y de repente se agujereó, se vació y su hijo cayó en brazos de la vieja. Limpió a la criatura con un trapo mientras esta lloraba y gemía, y cortó el cordón con uno de los cuchillos con los que picaban la carne.

Àngela los observaba fascinada. No me lo des. Se alegraba de que respirara y moviera los brazos con los puños cerrados, preparado para la lucha, pero no lo quería coger. No me lo des. Todavía no lo quiero. Carmen le adivinó la cara de pánico y, con el bebé moviéndose, le dio un pellizco amistoso en la mejilla a la nueva madre y la dejó manchada y volvió a poner la mano en el culo de Andreu.

Después del parto, la hija se le durmió sobre el pecho, todavía pringosa y envuelta en lo que la había protegido antes de salir, y la abrazó solo con los dedos y se le fueron todos los males de la vida. La niña era bonita como una pintura y tenía la nariz redonda y un poco chafada. Vivían en un pisito en la entrada del pueblo y no tenían casi nada.

Los gatos los visitaban de madrugada y les dejaban las espinas de los peces que habían devorado detrás de los contenedores. Cosían los pantalones del padre, rasgados de tanto trabajar, con hilo plateado, para que brillara al moverse bajo la luz. Las muñecas de lana tenían los dedos roídos por las ratas que trepaban por la pared. Si conseguían leche, pasaban la mañana batiéndola, y por la tarde ya tenían nata para hacer tortas. Cuando se acordaban, guardaban un trozo de masa y le hacían al padre pastelitos de Tortosa, que tenían que ir rellenos de calabaza hilada y azucarada. Carmen dejaba que la niña le arreglara el pelo y siempre quería cortárselo mucho, como un hombre. En primavera se hacían bañadores de colores para cuando llegara el momento de ir a la playa. Cada año tenía uno nuevo, como si tuvieran dinero. Los del último verano fueron los más bonitos: para la hija, uno azul con rayas amarillas que iban de abajo a arriba, del ombligo a la clavícula; para la madre, uno negro con puntitos redondos, para parecer más delgada.

El día que los estrenaron, encontraron tres conchas azules que guardaron en los tirantes del bañador y, al salir del agua, la niña cayó al suelo como si la hubiera alcanzado un rayo. El cuerpo golpeó la arena con un sonido breve y sordo, y Carmen supo que estaba muerta por cómo la cabecita quedó descansando en la arena, sin resistencia.

Después del entierro, los amos pidieron al matrimonio que les cuidara el palacete, los cipreses bien podados y las malas hierbas arrancadas, que crecían incluso en el terrado. Se trasladaron a la caseta del servicio, donde la cama no era lo suficientemente ancha y pasaban las noches chocando con los pies. El marido se marchó sin avisar y Carmen se imaginaba que había huido por mar y lo veía con el cuerpo estampándose contra las costas de África, contento de haberse ahogado... y otras veces lo veía con una mujer y una hija nuevas y soportaba un día más fregando los suelos de aquella casa rica, que tenía dos pisos, pero que podría haber tenido treinta y cinco.

Una mañana esplendorosa se encontró con una chica de nariz de avellana, la alzó del suelo como si su niña regresara al mundo de los nuestros y caminaron juntas. Las conchas que recogía cada día y luego guardaba en el tirante del bañador las colocaría en la casa de la mujer que iba a dar a luz, después de ayudarla, y todo el mundo sabría que había estado ahí y que había existido de verdad, antes de caer al suelo como si un rayo la hubiera fulminado.

Le costaba quererlo. Le parecía extraño, con esa piel de papel y las uñas afiladas y los deditos arrugados. A veces lo miraba y se preguntaba si de verdad era suyo, y ojalá no lo fuera. Ojalá un día llamaran a la puerta y fuera una madre tierna que le dijera que todo había sido un malentendido y se llevara al bebé envuelto entre sus brazos, como un gusano de seda. Pero se veía claro que no, que era muy suyo porque era igualito que Armand: de piel siempre morena y con los iris oscuros y una mirada de esas que esconden cosas.

Si le decía que no podía beber más leche o que era la hora de entrar en casa, Andreu la miraba como si quisiera hacerla desaparecer. Y ella le aguantaba la mirada porque no sentía nada y ninguno de los dos pestañeaba, y al cabo de un rato al niño le lloraban los ojos y desistía. Àngela sabía que no se le puede ganar a alguien que tiene los ojos vacíos, y saboreaba la victoria con una sonrisa cruel. Y olía a niño todo el día. Andreu, no me toques, le decía. Y él se apartaba. Durante todo el día emanaba aquel olor a piel nueva y olor a niño y nada más, y la angustia le oprimía partes del cuerpo que no habría sabido señalar y comenzó a salir de casa antes de que el chiquillo se levantara.

Primero iba a la playa para lavarse con el agua salada que, dicen las viejas, todo lo cura, hasta las manías, y se frotaba la frente y las rodillas con la arena aún fresca de la noche anterior, y en los campos también se ponía en remojo, y recogía todas las flores que encontraba y trataba de olerlas, pero nada, solo olor a niño y a nada más. Y de vuelta prestaba atención para oír cómo crece el arroz, que es lo que Armand le había dicho la noche en que le dijo que la quería. En casa, Andreu dormía y estaba quieto y tranquilo y a ella le parecía como de porcelana, pero abría los ojos y lo volvía a odiar.

Cuando el primero cumplió cuatro años se quedó embarazada de Arnau. Lo supo porque vomitaba cada mañana hasta vaciarse, se inclinaba sobre la tierra húmeda por el rocío de la noche y echaba todo lo que llevaba dentro, y esos hijos se lo sacaban todo, hasta la comida que se metía en la boca. Y vuelta al pelo largo y lustroso y al vientre de melocotón y a los labios gordos. Andreu le iba diciendo que a ese niño nuevo no lo quería. Se lo decía por la mañana cuando se levantaba y por la tarde cuando descansaban en las butacas y esperaban a que el padre volviera de trabajar. Se lo decía muy claro y tal como le salía y era tan sincero que la madre, a veces, le correspondía y confesaba que ella tampoco lo quería, pero que tener hijos es lo que debe hacerse porque es lo que hace todo el mundo y lo que todo el mundo quiere y la vida es así, dura y larga y un poco penosa.

Carmen, que seguía viniendo cargada con conchas y ya solo le quedaba espacio libre en los laterales de las ventanas de fuera, volvió a ayudarla en el parto. El padre y Andreu esperaron en la cocina. El padre fumaba y el niño echaba a rodar una canica por el suelo polvoriento, y cuando Arnau estuvo fuera de Àngela y ella se lo colocó sobre el pecho, Andreu se acercó y se encogió de hombros para dejar claro que no estaba impresionado, y dijo, huele raro.

XXVII

El día que cumplió ocho años le abrió la cabeza a su amiga. La madre le había regalado una muñeca de trapo hecha con tela sacada de los bajos de una cortina que se había estropeado con la humedad. Quedaron delante de casa, en el camino, y Ariana también quiso coger la bolsa de las canicas de sus hermanos. Los primeros años había crecido bastante rápido pero ahora parecía más pequeña de lo que era, y la muñeca y la bolsa le tapaban el cuello y media cara, y los brazos le dolieron durante todo el camino.

Su amiga llevaba el pelo recogido en dos coletas bajas, que le empezaban por debajo de las orejas, y la ayudó llevándole la muñeca para que pudiera aligerar el paso. Ella era todavía más menuda que Ariana y las dos juntas parecían niñas que aún tenían que aprenderlo todo, pero muchas cosas ya las sabían.

Los días de fiesta se escaqueaban de ir a misa y acudían a la ermita cuando el cura ya había acabado el sermón, y así se saltaban los peores momentos pero participaban en los mejores, en las conversaciones animadas de la gente del pueblo vestida de domingo y con los chicos y las chicas jóvenes arrimados a las paredes y diciéndose bobadas. Observarlos era como absorberles la alegría. Y en ese primer día de enero, Ariana volcó las canicas en el suelo y formó una hilera. En cabeza iban las oscuras con colorines, después las blancas y las grises, luego las de esos mismos colores pero con una franja roja y, para acabar, las transparentes, que eran las mejores porque cuando las movías les entraba el sol y al rodar se formaba un arcoíris hasta que la tierra las frenaba.

Cuando las tuvo alineadas, escogió una y la sacó y la lanzó contra la primera de la fila, y las canicas salieron rebotando en todas direcciones y ella se entretuvo y las recolocó y las volvió a mover. Estaba tumbada con el vientre rozando las piedras, el vestido subiéndosele poco a poco y el culo a punto de quedar al descubierto, y la amiga de las coletas jugaba con la muñeca de las cortinas manchadas. Se distraía mientras trataba de arrancarle los ojos de botón y dijo que su madre le había contado que los de vuestra casa sois más del *dimoni* que de Dios, y que es por esos ojos que tenéis, que no son de ningún color ni de gente buena.

Ariana levantó la cabeza y de repente le pareció muy fea. Su tío había hecho la guerra con el padre pero lo habían matado, y ella y su madre vivían en una casa con el tejado de maleza y ramitas. Se alimentaban de coserle la ropa a las mujeres del pueblo que no eran ricas y eso significaba que eran más pobres que los demás. Y, con una canica en la mano, Ariana se le echó encima y la niña del pelo partido por la mitad cayó de rodillas, y le dio golpes en la cabeza hasta que le salió sangre, y al darse cuenta echó a correr hacia casa con el corazón galopante en la garganta y cerró la boca para que no se le escapara.

Tenía las piernas veloces y, cuando comenzaba un libro, lo abría por el final y lo leía y lo cerraba y lo volvía a abrir por el principio, y si no acababa de gustarle, podía abandonarlo en la estantería y no tenía curiosidad porque ya sabía cómo acababa. Después de cenar, la madre le enroscaba la melena en dos trenzas y después las juntaba en un moño, y lo sujetaba todo con horquillas negras. A medianoche se las arrancaba y el pelo le caía ondulante por la espalda, pero al día siguiente lo volvía a tener liso como ella quería y Àngela sospechaba y decía, no lo entiendo, de verdad que no lo entiendo...

A ella también le introducían el cuchillo en la piel cuando se hacía una herida, y deseaba que le hablaran en voz dulce y la besaran en la frente, y lo pedía. No era como sus hermanos, que se volvían tristes y se marchitaban de no hablar. A los padres, sentados en las butacas de la sala, cansados de trabajar y con las espaldas curvadas, les soltaba, ¿por qué *mos* tuvisteis, si no *mos* queréis? Y la madre continuaba triturando higos y el padre la miraba y pensaba que debería darle unas cuantas hostias pero no se atrevía, porque ella era valiente y era su preferida.

Al día siguiente salió al patio y los tres hombres de la casa araban en el terruño. Tendría que confesarles a sus hermanos que había perdido la bolsa de las canicas. A la madre le diría que la muñeca se le había caído a la acequia y la corriente se la había llevado y que ahora, sin duda, ya estaría en el mar y los remolinos la mandarían vete a saber dónde, dependiendo de por dónde soplara el viento. Ella no la miraría ni le diría nada y eso era lo peor de todo.

Y cuando se dio la vuelta y quiso entrar en casa, su amiga de las coletas apareció en el camino como cada día que no había escuela, con la muñeca en una mano y la bolsita de tela en la otra, y el pelo suelto para disimular el corte. Ariana corrió hacia ella con los ojos inundados, agradecida, y bajaron a la ermita para jugar, los cuerpos sobre la grava, hasta que el sol estuviera en lo alto del cielo.

XXVIII

Los padres se habían ido con el camión cargado de leche y coles antes de que se hiciera de día. La madre no había tenido tiempo de peinarla, así que Ariana llevaba el pelo recogido de cualquier manera porque se le enredaba y se le formaban unos nudos que solo se deshacían cortándolos. Pero eso era lo que tocaba hoy. Andreu había salido a la playa después de desayunar. Era el primer fin de semana de mayo y la gente sonreía. El hermano mayor le había acariciado la mejilla mientras se tostaba una rebanada al fuego y le había guiñado un ojo antes de salir por la puerta. Canturreando, ella lo había seguido hasta el patio para ver cómo se alejaba. Le gustaban sus andares, de hombros anchos y relajados, y estaba un poco enamorada de él.

Arnau asomó la cabeza por la ventana de la biblioteca y la llamó para que entrara, que iban a hacer la comida juntos y comerían y esperarían a los padres en las butacas, con la fruta cortada en un plato para alargar el postre. Y ella le dijo que sí, pero lo que le apetecía era la confitura de la madre y la higuera estaba cargada, así que pensó que, ahora que era más mayor, podía subirse al árbol como una mona igual que sus hermanos.

Se quitó los zapatos y se agarró a la primera rama con ambas manos, tomó impulso y saltó al tronco. Con el culo en pompa, trepó hasta que se pudo sujetar a una rama más alta y siguió ascendiendo, cautelosa y evitando mirar hacia abajo, hasta que llegó a los primeros higos. Le resultaba sencillo arrancarlos con la mano izquierda porque estaban maduros, y se los metía en los bolsillos del pantalón, que eran anchos. Tenía miedo, pero era un miedo bonito que no la dejaba estarse quieta, y seguía cogiéndolos y los bolsillos le rebosaban y, cuando consideró que con los que tenía ya llenaría un par de botes, quiso bajar y los ojos apuntaron al suelo para pensar cómo hacerlo y de repente la rama se rompió.

En la caída lo vio y lo disfrutó todo: los campos de arroz preparados para la siembra, una pequeña familia de estorninos que llegaban para hacer nido y veranear entre el río y el mar, los árboles plantados a cada lado del camino que te guiaban hasta el Mediterráneo; vio la cruz de hierro en lo alto de la ermita y las campanas de la iglesia del pueblo, y contó las campanadas y supo que faltaban dos cuartos para alguna hora; vio el azul del cielo fundiéndose con el azul del mar y ese delta suyo que era el único lugar en la tierra donde podía suceder eso, y cuando quedó tumbada con la espalda sobre las piedras, sus ojos solo enfocaban la higuera y los rayos de sol que bailaban entre las hojas.

Arnau salió y Ariana ya no veía nada. El hermano repetía su nombre, la zarandeaba y le acariciaba las orejas, que supuraban sangre y un líquido amarillo brillante que quizás era el alma. Y si hubiera podido hablar, Ariana le habría pedido que la dejara dormir en silencio y sin hacer aspavientos.

Habían pasado horas desde la caída pero el padre, al llegar, cogió a la niña en brazos y se puso a correr como pollo sin cabeza, y a Ariana se le movía el pelo al compás de sus zancadas y aún le lucía sedoso y sano y se le iban cayendo los higos de los bolsillos, y era cruel pensar que los había tocado cuando aún estaba viva. Y la madre, arrodillada junto a las pocas manchas que habían llegado al suelo, lo miraba todo como si fuera una película, ajena a la reacción teatral del marido y a la contención racional del hijo. Y el padre no tardó en cansarse y dejó a la niña en el suelo y no hizo nada más. Se le vació la cara y ya está.

Armand había aprendido a dibujar con los carboncillos que deja el fuego cuando se apaga. Le gustaba bañarse en agua muy fría y tomar el sol a todas horas porque decía que, cuanto más negro te pones, menos se ven las cicatrices y los agujeros de la piel. Cuando volvía de trabajar andaba descalzo sobre las piedras y, si una roca le abría un corte profundo, conseguía que le brotaran un par de lágrimas y así se sentía mejor, más tranquilo. Y llevar a los niños a la calle Petritxol y no poder comprar tres platos de nata le hacía sentirse insignificante, y deseaba que nunca se dieran cuenta de ello.

Andreu llegó cuando ya era de noche y lloró y le dio un puñetazo a Arnau.

Segunda parte

Las rosas de lo alto se marchitaban como los labios de Teresa, arrugados, con el pintalabios corrido por los bordes y unas ojeras verdosas que no se le quitaban hasta caída la tarde. Era el único momento del día en el que se gustaba, justo antes de cenar, cuando la luz amarillenta traspasaba las vidrieras y la fuente del David mostraba la manzana muy reseca. Y su marido, ya viejo, había acumulado achaques y compraba bastones de anticuario para pasearse por el jardín. Contaba los pasos en voz alta porque el doctor le había mandado trescientos al día, como mínimo, y Teresa se sentaba en las escaleras de mármol como el día que la dibujaron, y lo observaba y lo quería, y se preparaba porque sabía que iba a morirse mucho antes que ella.

No había tenido más hijos muertos porque pidió que le prepararan una habitación para ella sola, e hizo que le pusieran una cama con cuatro columnas de madera negra, y por las noches estiraba los brazos y las piernas como una estrella de mar, y no sabía por qué nos obligan a eso de dormir con alguien. Y la criada le hervía un vaso de leche para que cogiera el sueño y la vida le parecía aburrida.

Teresa seguía comprándole la cosecha a Armand y él venía una vez al mes: se llevaba las botellas vacías y le vendía un par de cajas llenas de verdura fresca, y cuando sus hijos querían acompañarlo, se los enseñaba; fuertes y con los morros rollizos. Pero a la niña la dejaba en casa, por si se le rompía en aquella carraca de camión.

Un día de calor insoportable le regaló un saquito de alcachofas y una caja llena de granos de arroz, y le dijo, te tienes que quedar a mi hijo pequeño una temporada porque es bueno y no contesta, que te arregle la fuente y el jardín y todo lo que tú quieras. Arnau saltó del camión con los ojos enfermizos y los codos marcados y Armand no le dijo ni cuídate ni ya volveré a buscarte, y arrancó enseguida.

Teresa calló y pensó que su primer nieto tendría la misma edad que él. Lo acompañó a la habitación donde años atrás había vivido su padre, y Arnau se dejó caer sobre la colcha. Le diría a la criada que la retirara porque ya había llegado el verano. Se notaba que el chico se estaba haciendo mayor porque los brazos tomaban esa forma redondeada en la parte superior, pero todavía tenía los ojos transparentes y no por el color, sino por la inocencia que emitían. Todavía eran como la nieve reciente.

Y demasiado alto, sin controlar la voz, Arnau dijo que había matado a su hermana. Bueno, no *l'hai* matado, pero se cayó de un árbol que tenemos en *lo jardí* que da higos, y se abrió la cabeza y de las orejas le salía un *líquid* que a lo mejor es lo que tenemos en el cerebro y *mos* lo hace funcionar. Y no avisé a nadie ni me la llevé con la bicicleta a casa del médico, que vive en la *part* alta del pueblo, porque la vi tranquila y tan en *pau* que no quise molestarla ni hacerle daño subiéndola al manillar a lo bruto… y *ara,* cuando me miran, piensan en todo esto y *s'enrabien.*

La primera mañana de su vida en la ciudad bajó a desayunar descalzo, y la criada estaba en la cocina con el pelo recogido en un moño que le cubría la nuca, sujeto por unas horquillas que tenían perlas blancas en un extremo. Era vieja de ser madre, pero no tanto como para llegar a abuela, y las cejas empezaban a despoblársele. Puso encima de la mesa un platito con una cenefa azul, con pan tostado cortado a tiras y un trozo de mantequilla sin sal, y un bote de mermelada de naranja. Preguntó a Arnau si quería café, zumo o un vaso de agua, y él contestó que nada, *gràcies,* y ahora que había abierto la boca ya no quería volver a callar y dijo que trataría de desembozar la fuente del *jardí,* y la mujer que vivía a medio camino entre ser joven y ser anciana se echó a reír por lo bajo, pero enseguida se puso seria y le pidió que se calzara, que los zapatos son lo que nos hace personas y no animales. Arnau engulló dos tiras de pan y salió.

El jardín le dio pena. Se subió a la estatua y hurgó dentro del tubo, que era el rabo de la manzana. Estaba podrido y lleno de barro, y cuando hundió el dedo le pareció que se lo mordisqueaban. Acercó la cabeza y cerró el ojo izquierdo para enfocar bien, y vio unos gusanos diminutos que abrían y cerraban la boca y tenían unos dientes gelatinosos, y entonces oyó que Teresa, con la voz todavía agarrotada por el sueño, le preguntaba, ¿tú también dibujas? Arnau se apartó del tubo y se dio la vuelta y la vio sentada en las escaleras, masticando un trozo de pan con mermelada.

Le dio vergüenza mirarla y siguió manoseando el tubo, y le respondió que sí dibujaba, cuando tenía láminas o folios en blanco y algo para pintar: un carboncillo o un lápiz de mina negra que alguien se hubiera dejado en la escuela. Ella siguió preguntándole, con la boca llena, si le había enseñado su padre, y Arnau respondió que no, que Armand no le había enseñado a coger un lápiz, y que eso no es lo mismo que coger la cuchara con la que comes. Y le dijo que tampoco le había enseñado a esbozar los jarrones, los botijos, los cubos con cuerda y todas las formas redondas que en el papel parecen planas, pero que lo miraba mientras lo hacía y se fijaba en cómo entornaba los ojos y cómo ponía la espalda recta y él hacía lo mismo, y así iba aprendiendo un poco por su cuenta y un poco por imitación.

Por la tarde, Teresa lo mandó a comprar tabaco. El marido, después de dar el paseo de rigor, se fumaba un cigarrillo rubio. Los vendían sueltos en un bar dos calles más abajo, y Teresa le dio un billete y le dijo que comprara diez y que, con lo que sobrara, se tomara lo que quisiera, un vaso de vino o un bollo o lo que fuera. Arnau echó a andar y, como la ciudad estaba cuesta abajo, no tenía que esforzarse, e iba con el billete en el bolsillo y la mano dentro para asegurarse de que no saliera volando. El bar tenía la fachada de madera verde y una puerta de cristal con los bordes en pan de oro.

Y cuando ya tenía el pomo en la mano, alguien lo llamó como a los perros, ¡pst!, ¡pst!, y al girarse tenía al lado a un chico con una boina de felpa mostrándole los dientes cariados.

Las pupilas le bailaban a la luz de los faroles colgados de las casas y le preguntó, qué haces aquí, y Arnau, que decía la verdad porque no sabía que hay otras maneras de ser, contestó que venía a comprar cigarrillos rubios. Y el chico le explicó, cogiéndolo por los hombros para darle confianza y también para retenerlo, que él los vendía más baratos que adentro, que por las noches entraba por la ventana de atrás que tenía el cristal mal encajado en el marco, lo quitaba y birlaba los cigarrillos del cajón del cambio, y el dinero no lo tocaba pero el tabaco rubio se lo llevaba casi todo, y después salía y volvía a colocar el cristal y esperaba a que entrara la clientela para decirles que era su día de suerte.

Hablaba rápido porque no hablaba bien y así tapaba las palabras, y para entenderle tenías que acabar adivinándolas. Arnau solo quería regresar al delta a ver los flamencos que vuelven de sus migraciones y tiñen las nubes bajas de rosa y el cielo parece algodón de azúcar. Y lo que más se parecía a eso era ir a la pequeña villa y llenar la bañera hasta sentirse como en casa, así que le respondió que de acuerdo.

El vendedor rebuscó en la bolsa de cuero que llevaba colgada al cuello. Tenía la cara llena de hoyos, como si alguien le hubiera clavado las uñas cuando todavía estaba formándose en el vientre de su madre. Quiso ver cuánto dinero tenía y Arnau sacó el billete. Y el chaval de los hoyos le puso en la mano un puñado de cigarrillos y dijo, te doy diez, y es muy buen trato porque todo esto que te doy, ahí dentro te costaría el doble como mínimo, y Arnau contestó, cansado, está bien. No lo mandarían al bar en al menos diez días y podría quedarse en el jardín mientras anochecía.

Durante el trayecto el padre dejó que fumara con él, junto a la ventana. También iba por la vida con los dientes podridos, todos menos las dos palas centrales, y le pasaba el cigarrillo a su hijo mayor cada vez que pitaba el tren. Y desde aquel día el olor a tabaco y a carbón que entraba al compartimento se convirtió en el olor de los viajes.

Cuando acababan de fumar, la madre sacaba del bolso dos rebanadas de pan gordas y redondas. Antes de salir las había bañado en aceite de oliva, les había rociado anís y había puesto azúcar por encima, las había envuelto en dos trapos de cocina estampados con flores y, cuando en el vagón ya no quedaba humo de tabaco que pudiera distraerles del sabor, las cortaba en pedazos con las manos, los repartía y comían como si no supieran cuándo volverían a hacerlo.

Cuando llegó la hora de descansar, la madre le indicó con un gesto al hermano pequeño que apoyara la cabeza en su regazo y se durmiera. El niño dejó sus piernas venosas al descubierto sobre el terciopelo, y ella se estiró la falda hacia abajo y cerró los ojos para no verlas por un rato. Entonces Antonio le preguntó al padre, ¿es bonica la ciudad nueva? Y el padre se encendió otro cigarrillo porque se había quedado con hambre y dijo, está bien, pero tiene un mar que no es como el nuestro, está sucio y yo ahí no me he *bañao* nunca, pero la casa es grande y las habitaciones están separadas por paredes duras... pero el mar... Y a Antonio le daban miedo las corrientes traicioneras y los peces que te pillan y quieren quedársete pegados. Lo único que él quería era una casa de las de verdad, y no una cueva de paredes inclinadas pintadas de blanco y una puerta por donde se colara el viento y el agua y todo lo que es malo y viene de fuera.

Llegaron dos días después. En la Estación de Francia se estiraron e hicieron crujir todos los huesos del cuerpo. Salieron del andén cargando cada uno con una maleta y una pequeña bolsa de ropa colgada al hombro. El padre y Antonio iban delante, y la madre y el hermano pequeño, los dos con las piernas al aire, los seguían a unos dos metros de distancia. Debían estar pasando frío, uno porque era un niño y la otra porque era una mujer. Y al ver que aquel lugar existía, a Antonio le pareció raro que su padre hubiera podido sobrevivir sin ellos, esperándolos, construyendo edificios altos para que se amontonaran allí las personas y escribiéndoles cartas que costaba entender, porque llegaban manchadas de lágrimas a causa de la nostalgia. En la última les contaba que había conseguido una casa para los cuatro, y que un día de estos los iría a buscar y se zambulliría en su mar para despedirse de él, y saludaría a la gente del pueblo y bailaría y cantaría con ellos y, cuando lo hubiera hecho todo, cruzarían el país de abajo arriba y llegarían a Barcelona, y ahora que ya estaban ahí lo que hicieron fue caminar hasta la falda de la montaña.

La casa estaba en un callejón sin luz, tenía una sola planta y era del color de la tierra. El padre se sacó la llave del bolsillo de la chaqueta y al entrar tuvieron más frío que fuera.

Los vecinos de al lado, gitanos como ellos, les regalaron cinco tronquitos de leña para que hicieran fuego y, conforme el calor se extendía por las estancias húmedas, las manos y las mejillas de quienes ahora las habitaban, la vecina pequeña se arrancó a cantar y a bailar como si quisiera hundir el cemento, moviendo las manos, haciéndolas girar mientras los padres de Antonio escondían la cara para que nadie los viera llorar.

Al padre le gustaron las paredes llenas de fotografías de trenes y tranvías azules y el intenso olor a vino de barril que había en el bar. Y si a la hora de cenar aún no había vuelto, Antonio lo iba a buscar. Le llevaba una rebanada de pan tostado para que la miga le absorbiera el alcohol de la tripa, y lo esperaba fuera porque le daba vergüenza. Hablaba un castellano que nadie entendía y el pelo se le perdía bajo las capas de polvo de los edificios viejos que derribaba. Y cuando ya había tenido suficiente, salía del local a tientas y subían juntos hacia el Carmelo apoyados el uno en el otro.

Una de esas tardes que lo estaba esperando y hacía frío, y Antonio saltaba y corría para entrar en calor, vio que el marco de la ventana de atrás estaba suelto. Entró, robó unos cigarrillos y echó a correr con el corazón latiéndole como si hubiera matado a alguien. Al día siguiente, mientras el padre estaba dentro con los ojos que se le ponían vidriosos a medida que avanzaban las horas y las copas, Antonio, cada vez que entraban hombres, quería decirles que él vendía cigarrillos baratos, para luego llevarle el dinero a la madre como si fuera el sueldo del padre. Pero se callaba y los dejaba entrar en paz.

La tercera tarde vio llegar a un chico con una camiseta que le iba grande. Se los vendió mucho más caros que en el bar y le pareció que se daba cuenta, pero que estaba tan cansado que le dio el billete, se acomodó los rubios en la prenda a modo de bolsa, y se fue. Aquella noche, Antonio volvió a entrar en el bar y solo birló un par de cigarrillos. Por las tardes esperaba al chico al que había estafado y pensaba que, cuando volviera para partirle la cara, le ofrecería uno de regalo y todo saldría bien, porque dos hombres no se pueden pegar si fuman juntos. Y regresó al cabo de diez días. Cuando Arnau se le acercó, Antonio le alargó un cigarrillo y una cerilla encendida y era el primero que se fumaban entero, y tosieron y se ahogaron y en efecto, todo salió bien.

V

Por las mañanas bajaban allá donde se ensancha Gran de Gràcia. Se sentaban en los rellanos de los portales y Arnau le daba a Antonio el desayuno que preparaba la criada, y los dos comían en silencio y con el oído atento. Aquí los ricos hablan *tos* en catalán, repetía Antonio. Sigo a los que van bien *vestíos,* me acerco a ellos, unos cuantos pasos por detrás porque *asín* no me ven ni me huyen, y escucho y los miro cómo mueven las manos y la voz que ponen, y aprendo si las palabras que dicen las tengo que decir cuando estoy contento o cuando estoy *enfadao* y, si me canso de seguirlos arriba y abajo, vengo aquí, al *lao* de sus tiendas de muñecas y joyas, y tú también *tiés* que aprender un poco porque hablas raro, y Arnau se echaba a reír.

Así pasaban las mañanas y fumaban de día lo que Antonio robaba de noche. Y se iban acostumbrando al ritmo de una ciudad que no era la suya, y Arnau un día dijo, me gustaría bajar hasta el mar, para *vore* cómo es y nadar un rato. Pensó en voz alta y con eso quiso decir que sentía nostalgia y quería ir para ver si, braceando, podía llegar hasta el delta y subir por el camino de las piedrecitas y llegar hasta la casa de las conchas. Y Antonio estuvo de acuerdo porque lo entendió todo.

En la playa vieron a un grupo de niños que hacían volar cometas. Todas eran azules, del mismo tono, con hilos desperdigados que colgaban del resto de la tela. A Arnau le pareció que las habían recortado de una lona. Metió los pies en el agua y la notó caliente. Supo al instante que no podría llegar a ninguna parte porque la notaba pesada y extraña, y solo se mojó la cara y salió enseguida.

Hacía bastante viento y una de las cometas les cayó cerca, haciendo eses como las avionetas alcanzadas por un misil. Antonio se agachó para recogerla y entonces los oyeron gritar, ¡no la toques!, ¡no la toques, desgraciado!, y vio cómo un niño con el pelo de punta y la boca torcida se le acercaba trotando y cinco más lo seguían enseñando los colmillos. Cuando estuvieron junto a ellos, el primero dio un salto, impulsándose hacia delante, y estrelló su cabeza contra la de Antonio, y Antonio cayó al suelo con la cometa en las manos y los ojos bizcos. Arnau era tranquilo y procuraba que el corazón le fuera siempre lento pero aquella fue la primera vez que actuó sin pensar, empujado por la necesidad de proteger a alguien.

Se agachó para coger uno de los zapatos que había dejado en la arena antes de meterse en el mar y, con él, le cruzó la cara de lado a lado al niño. Luego le golpeó la coronilla, como un pájaro picoteando la madera, con el mismo sonido seco. La sangre comenzó a brotarle del centro de la cabeza y el niño salvaje acabó llorando, y las lágrimas resbalaron lentas entre la suciedad. Después se levantó y regresó hacia la ciudad, frotándose la cara con las manos y seguido por los otros cinco, que lo rodeaban y lo estrechaban.

La cometa quedó en el suelo y Antonio se incorporó. Se sujetaba la cabeza con las manos para no marearse. Con el rencor todavía encendido dijo, esta gente y esta ciudad apestan, y luego le contó que su vecino, el que cortaba tronquitos de leña y los dejaba redondos y después se los regalaba, se marchaba a Ginebra a trabajar y le había invitado a que lo acompañara y que, si Arnau quería, podrían irse allí los tres juntos.

VI

DÍA DÉCIMO

Una mañana en que tronaba me dijo que me vistiera deprisa, que saldríamos y me compraría unos vaqueros, que los vestidos están bien pero los vaqueros son de tela dura y se pueden meter en la lavadora y cuando jugara no se me verían las piernas. Apuré la tostada del desayuno, con aceite, sal y pimienta, me até los rizos en una coleta baja y salimos cogidos de la mano.

En el metro nos sentamos al lado de una mujer que llevaba un perro atado y todo el rato le acariciaba alrededor de los ojos para tranquilizarlo. El pobre era viejo, con canas sobre los ojos, y yo sabía que a las personas mayores el cuerpo no les funciona bien y el pelo se les vuelve perezoso y deja de crecer con su color, pero me sorprendió que los perros fueran en eso iguales que nosotros. Salimos a la calle de Pelayo, y yo venga a mirar hacia arriba a los rótulos y las fotos de caras bonitas que vendían champús y maquillaje. Y me topé con una botella de Cacaolat caliente, y se veía que estaba caliente porque del cuello salía un humo dibujado como una niebla espesa. Era un anuncio bonito y me apeteció beberme uno, lo digo de veras, y además lo había dibujado papá y se notaba porque se puso colorado y nervioso. Me dijo que nos podíamos beber uno a medias si quería, y le dije que sí.

Entramos al primer bar que encontramos y pidió el Cacaolat pequeño, pero lo quería para llevar y repartido en dos vasos de cartón. Lo tuvo que pagar como todo el mundo y el camarero lo calentó un momento con la manga metálica que tienen las máquinas de café, que echa un aire tan caliente que quema, y mientras nos lo bebíamos nos resbalaban gotas de sudor por la cara y podías seguir el itinerario del azúcar porque se notaba cómo te iba bajando por el cuerpo, por el cuello, por en medio de las costillas, hasta formar un charco en el estómago. Tiramos los vasos deshechos y entramos en los grandes almacenes.

Yo nunca había estado porque los vestidos me los regalaban o me los hacían a medida los días que me quedaba con la abuela Sara, y por la mañana íbamos a la modista y por la tarde al parque de la Ciutadella a ver cómo remaban las parejas. Me pareció que había mucho ruido y gente por todas partes. Papá no me soltaba y se abría paso entre las mujeres que hurgaban en montones de ropa. Cogían una pieza, la levantaban, la desplegaban, se la probaban encima del modelito que llevaban puesto, la volvían a dejar donde la habían encontrado. Él escogió dos tejanos azules, gastados, con los bajos deshilachados, y nos dirigimos a los probadores.

Entré en la primera cabina, que tenía una cortina estampada con corazoncitos y cuadrados; la abrí para comprobar que papá me esperaba y sí, había encontrado una butaca y estaba fumando. Era el único hombre de todos los almacenes. El vestido de aquel día era de rayas azules y negras y tenía la cremallera en la espalda. En casa me la había subido sola. Ahora, al intentar alcanzar la nuca, los brazos se me habían encogido y los codos me hacían daño si los forzaba; no podía doblar más la espalda. Y se oía el clic clic metálico del extremo superior que se movía y danzaba sobre mi nuca. Se me llenaron los ojos de lágrimas porque me daba vergüenza pedirle a papá que me bajara la cremallera y me viera la espalda desnuda y pensara de mí que era una niña pequeña. Quise calmarme y me puse las manos en el pecho, soplando hacia arriba para secarme las lágrimas, pero conseguí retenerlas, y mejor, porque cuando lloro parecen dos montañas de hielo que se deshacen y forman lagos.

Sonreí delante del espejo y salí con los pantalones colgados del hombro, y papá se puso de pie; aquello, comprarme mis primeros vaqueros, le hacía ilusión. Dije que no me gustaban, y lo dije con un tono alegre para parecer despreocupada. Él me puso la mano en la cabeza y los devolvimos a su sitio. Una señora casi nos los quita de las manos, supongo que los compró para su hija, así que fue ella quien llevó mis primeros vaqueros.

Pasaron dos días viajando en tren hasta que llegaron a París y, en una estación llena de colillas y goteras, cambiaron a otro con destino a Ginebra. Cuando Teresa supo que se iba, lo llevó a la Boquería y le compró cuatro tabletas de chocolate con leche para el viaje, y bajaron por las Ramblas cogidos del brazo y él le regaló una pecera de cristal con piedras blancas en el fondo, y dentro nadaba un pez que no movía las aletas y solo flotaba.

Dormían sentados, con la cabeza echada hacia atrás, y se turnaban para dormir dos horas cada uno, vigilando que nadie les robara las maletas. Nadie sabía cómo se llamaba de verdad el vecino de Antonio, ya que su madre había tenido catorce hijos y los llamaba según el orden de nacimiento. Él había sido el sexto en nacer y lo llamaban Sexto y, además del equipaje, llevaba una pequeña bolsa de mano a rayas y una funda de guitarra que era demasiado grande, y el instrumento se movía a su aire por dentro, y antes de salir había pedido a su hija que se quedara muy quieta y le había cortado un rizo del pelo. Lo había envuelto en papel de periódico y ahora lo llevaba en el bolsillo interior de la chaqueta, cerca del corazón.

Tras apearse en Ginebra, caminaron durante una hora. Era septiembre y en casa aún parecía verano pero aquí había nieve en las montañas y hablaron sobre si en agosto allí también nevaba o si aquella nieve llevaba desde el invierno anterior, y ninguno de los tres conocía lugares tan fríos y con cimas tan altas. Caminaban en fila, pegados a la carretera, y por todas partes veían flores rojas en forma de tubo, con tallos delgados y sin hojas, y había centenares, incluso miles, a ambos lados del camino y en los campos yermos.

Llegaron cuando la luna ya había salido, y llevaban tantos días dando tumbos por el mundo que les había salido una barba desaliñada que picaba y los hacía sentir ásperos. La finca era amplia y no se podía abarcar del todo con una mirada, y una valla negra la rodeaba por ambos lados hasta llegar a una portalada con pinchos que eran lanzas que apuntaban al cielo. Llamaron al timbre blanco y en dos minutos apareció una mujer vieja con gafas de cristales gruesos que se sacó un manojo de llaves del bolsillo del delantal y, con la llave más grande, abrió la puerta. Les dedicó una sonrisa y todos se dieron cuenta de que no iban a entenderse. Les hizo un gesto con la mano para que entraran y, con ella al frente, avanzaron los cuatro por un caminito de piedras planas y negras, rodeado de arbustos verdes que no medían más de un metro de altura. No tardaron en llegar a la casa, y era más grande que la de los amos del delta y que la pequeña villa de Teresa: era blanca y de tres plantas, con un porche en la entrada con butacas de mimbre, y el tejado tenía la forma de triángulo.

La mayordoma les dejó observar y se puso la mano en la boca y silbó. De la parte trasera de la casa aparecieron tres perros corriendo con la lengua fuera y llenos de energía. La anciana les dijo algo en francés y corrieron hacia los hombres, y estos, que estaban acostumbrados a los animales y sabían que quienes no tienen que buscarse el alimento no hacen daño a nadie, se dejaron hacer mientras los olían y los reconocían. Eran dos labradores y un pastor alemán, y les olfatearon los pies, culos y caras, y saltaron encima de cada recién llegado y, antes de irse al lugar en el que dormían, los llenaron de lametazos, aceptándolos y haciéndoles saber que formaban parte de todo aquello.

La mujer de las gafas de culo de vaso los condujo por detrás de la casa hasta un campo lleno de fresales. Entre las plantas había otro camino con las mismas piedras planas que llevaba a dos casitas cuadradas, con un patio de césped y tendederos de hierro que las separaban. En ellos solo había ropa de mujer, goteando: cuatro pares de medias negras, una cofia blanca y dos vestidos anchos de cuello cerrado.

La anciana les señaló la que sería su casa, la de la izquierda, sacó de nuevo el manojo de llaves y le dio una a Arnau. Él inclinó la cabeza en señal de agradecimiento, ella se fue y Arnau metió la llave en la cerradura.

El nuevo hogar tenía un comedor con un sofá y una butaca, una cocina económica, un fregadero, una chimenea hecha de ladrillo y, en un rinconcito, dos paredes mal levantadas que encerraban un lavabo y una ducha. Arriba había tres habitaciones pequeñas, cada una con una cama individual, una mesita de noche y un armario sin puertas. Se las repartieron sin discutir demasiado y los tres se acostaron vestidos del frío que tenían.

Al día siguiente los despertaron unos golpes en la puerta de entrada. Se levantaron sobresaltados y, al darse cuenta de que todavía llevaban la ropa puesta, bajaron las escaleras y salieron a la calle. Quien los había despertado era un hombre de cabeza redonda y un puro en la boca. Les dio un repaso y les preguntó de dónde eran; él era madrileño, iba bien abrigado y llevaba botas. Luego les hizo seguirlo hasta la casa blanca. Entraron por la puerta de atrás, que llevaba a la cocina. Esta era alargada, con una mesa de madera en el centro, taburetes de hierro a cada lado y un horno de piedra al fondo donde se cocían dos panes redondos.

El madrileño se sentó a la mesa y dijo buenos días en un francés inseguro y cerrado: *bonjour*. Los otros tres lo imitaron. Una mujer corpulenta, con el pelo recogido en dos trenzas, colocaba las sartenes que iba limpiando en los colgadores sobre los fogones. Entre aquellas tiras de cuero, de las que colgaban vasitos, tazas y ollas orejudas, y los fogones que quemaban gandules porque era la primera hora del día, había hileras y más hileras de baldosas de cerámica. Todas eran diferentes entre sí, ninguna se parecía a la que tenía al lado: unas rojas y verdes, otra con una mitad de cada color, y las demás con puntitos negros y azules que se repetían hasta eclipsar el blanco del fondo. Había incluso, cerca de un fogón, una con el dibujo de una lagartija amarilla que la llama había ido decolorando.

La mujer corpulenta rompió seis huevos, los echó en un cuenco de madera y los batió con un tenedor. Añadió un chorrito de leche mientras el madrileño se encendía otro puro y les preguntaba si estaban casados y si tenían hijos. Arnau y Antonio respondieron a la vez, con voces roncas, que no, y Sexto dijo que sí, que tenía mujer y una hija. El madrileño exclamó, uy, las hijas, y sopló. Todos pensaron que él también debía de tenerlas y que no le debía ir demasiado bien.

La cocinera descolgó una sartén, encendió un fogón con una cerilla, abrió un paquete de mantequilla que tenía cerca, partió un trozo con los dedos y lo puso en la sartén. Crepitó, y a Arnau se le hizo la boca agua porque nunca había visto a nadie derretir mantequilla al fuego. Cuando se volvió líquida, la cocinera echó los huevos batidos del cuenco y no dejó de moverlos con una cuchara larga. Cuando creyó que estaban lo bastante hechos, los volvió a poner en el cuenco y lo colocó en la mesa. Luego fue al horno a por los panes redondos y se le movían todas las carnes, incluso las de los mofletes. Los cogió con las manos, sin la pala de madera, y también los puso en la mesa, y los cuatro hombres desayunaron sin cubiertos y era lo mejor que probaban en mucho tiempo. El madrileño pidió a la mujer si le podía hacer un café: un café, *s'il vous plaît,* y ella agitó la cafetera de hierro y quedaba un poco, y los otros no pidieron nada porque no habrían sabido cómo hacerlo.

Terminaron, se levantaron, dijeron adiós con la cabeza y caminaron en sentido opuesto al de las casitas. El camino era de grava negra y gorda y crujía bajo sus pies. Pronto llegaron a una explanada sin árboles ni césped, solo fresales y pinos jóvenes. Allí, con otro puro colgando de la boca, el madrileño les explicó que él sería el jefe y que iban a construir una casa tan grande y bonita como la blanca, la de los señores. Sería para la hija, que era escritora y también era jinete, es decir, que monta a caballo y los hace saltar y correr de aquí para allá...

Empezaron en ese mismo momento. Lo primero que haría Arnau sería ir al establo, al lado de la cocina, que es donde tenían guardados los ladrillos. Se los cargaría a la espalda con una especie de mochila de tela dura y regresaría a la explanada. Mientras tanto, los otros mezclarían polvo y agua y empezarían a dibujar en el suelo la forma de la casa.

A la hora de comer, la mayordoma trajo a cada uno dos rebanadas del pan que había sobrado del desayuno, un trozo de queso, una patata hervida con piel y una naranja pelada y azucarada. Comieron sentados en el terreno labrado y allanado; las montañas los rodeaban y no podían escapar de ellas. Eran asfixiantes, pero también como un abrazo. Continuaron hasta que se hizo de noche.

Acabaron la jornada en la cocina y la mujer de las trenzas les sirvió café, dejando un platito con nata en el centro de la mesa, y Arnau se puso tanta como le cupo en la taza. Ya podían hacerle trabajar tanto como quisieran, si la recompensa era esa. Los dos labradores y el pastor alemán los habían seguido y ahora se habían tumbado a los pies de la mesa, lamiéndoles los pies, dejándoselos limpios para el día siguiente. Los hombres, agradecidos, les acariciaban las orejas.

El madrileño advirtió a Arnau, a Antonio y a Sexto: mañana os despertaré a la misma hora. Cruzó la portalada con pies cansados y la espalda rota, pero se iba a dormir a su casa. Y los otros tres, que allí casa no tenían, subieron hacia la casita y Arnau se sentó a la entrada y se fumó un cigarro rubio solo para quitarse de la nariz el hedor a puro. Después del esfuerzo de todo el día, le vinieron arcadas.

La puerta de la casita vecina se abrió y salió una chica vestida de negro, y se dirigió hacia él. Vestía un uniforme de criada, y los botones blancos le llegaban hasta la nuez del cuello. No era largo, pero sí tapado, de modo que no se adivinaba la forma del cuerpo.

Una luz encendida en el piso de arriba iluminó su rostro cuando se acercó lo suficiente. Tenía los ojos almendrados, la boca entreabierta y las dos palas centrales separadas. Le dedicó una sonrisa y le dijo en catalán, toma, para que no tengas frío, y le alargó una bolsa de agua caliente, que era de goma y se le escurría de las manos.

El señor era francés y tenía el pelo blanco, pero no le hacía viejo. Tenía la cara fina y se vestía con un chaleco beige y una americana a rayas que unas veces era blanca y otras marrón. La primera vez que Arnau entendió lo que decía, le estaba pidiendo a la cocinera que hiciera trece pollos al horno porque iban a celebrar una fiesta el fin de semana. Hablaba un poco el castellano y, los mediodías, antes de que la vieja les llevara la comida a la explanada, se acercaba a verlos, pedía un puro al madrileño y lo observaba todo con las manos en la cintura.

Se había hecho rico vendiendo jabones y los hacía de todos los perfumes de este mundo, decía: lavanda, limón, romero y canela, pero este último no triunfaba porque las mujeres no apreciaban las novedades y les parecía vulgar. Era excéntrico y acababa hablando en francés aunque nadie lo entendiera, pero le daba igual. Solo quería distraerse.

Se había casado con la señora hacía poco porque la hija que montaba a caballo había perdido una madre, que se había pegado un tiro en los establos. La nueva esposa tenía el pelo rubio e hinchado y lo que más le gustaba en el mundo era ocuparse del jardín. Cuando los trabajadores salían de la cocina a primera hora, ella ya llevaba un rato faenando con las tijeritas de podar y los guantes para no pincharse, y levantaba la cabeza de entre las margaritas y los naranjos que no crecían y les saludaba con la mano.

Cuando acababan y pasaban por la cocina a tomar café, los acompañaban las criadas. Se habían dado cuenta de que los hombres terminaban siempre a la misma hora, cuando aún no era noche cerrada, pero ya no se veía sin la lámpara de gas. Las dos jóvenes se colaban en la cocina con los plumeros sin sacudir y las cofias desatadas; la cocinera las mataba con la mirada, pero ellas, tozudas, se descalzaban y se quejaban de los zapatos de tacón que las obligaban a llevar. La de los dientes separados era Maria, y se sentaba al lado de Arnau. Ambos hablaban en castellano y los acentos se mezclaban: acentos del sur, del centro y del norte. Charlaban sobre el amo, que era un pedante, y sobre el frío de aquel país y sobre la vida que habían tenido antes de llegar.

Y para salir de la rutina tenían a la hija escritora, que llegaba de vez en cuando al volante de un coche descapotable, negro por delante y con el culo rojo. Iba directa a por su caballo, el más negro y más grande, la niña de los ojos de los cuidadores; le ceñía la silla y las riendas y juntos galopaban por la finca. Luego, desde lo alto, vigilaba las obras y observaba a los hombres que sudaban y se cansaban, y le parecían guapos y exóticos, tan morenos y nacidos a más de mil kilómetros de ahí. Se alejaba enseguida y Arnau se daba cuenta de que se ahogaba. Aquella casa, que él estaba construyendo con sus manos y su espalda, no la querría nunca nadie.

La hija llevaba una maleta de viaje llena a rebosar de cuartillas atadas, que le daba a Maria para que las leyera y le dijera qué opinaba. Maria las guardaba en el armario, entre las camisas almidonadas y los abrigos para cuando nevase. Había aprendido francés gracias a aquel montón de papeles escritos a mano que acababan encuadernados y en las librerías esnobs de París. Se los quiso prestar a Arnau para que él también aprendiera; así podría pedirle a la cocinera lo que más le apeteciese: un café muy cargado por la mañana y, por la tarde, doble ración de nata. El primer pliego que le iba a dejar lo tenía en la mesita de noche, cerca, para cuando se durmiera, porque sabía que las páginas escritas retienen el olor de la última persona que las ha leído.

DÍA DECIMOCUARTO

Cada tarde, ahora que los niños estábamos de vacaciones de verano, en la radio contaban cuentos. La radio de casa de papá tenía las ruedecitas y los botones de un blanco feo de tanto tocarlos. El primer relato que escuché en su piso fue el de las manzanas mágicas, que era el que más me gustaba y solo lo repetían cuando se quedaban sin cuentos nuevos, y eso pasaba cada dos o tres meses. Cuando oí que empezaba, me tumbé en el sofá, me descalcé y cerré los ojos para imaginármelo todo mejor, y mientras papá dibujaba a carboncillo en la mesa del comedor.

La voz del narrador era de hombre y era grave, y contaba que había una vez un rey que tenía un manzano que daba unos frutos maravillosos, dulces y relucientes, y no podías parar de comerlos porque estaban buenísimos, como de otro mundo. Mágicos, incluso. Un día, alguien robó una manzana de un estirón, y entonces entraba la voz de otro hombre que seguro que era asiduo a los puros gordos, y hacía de rey enfadado y gritaba que iría tras el ladrón y lo metería cien años en la cárcel, y ordenaba venir al príncipe, que era joven y lo representaba con un tono agudo de niño, y le exigía que vigilara el manzano toda la noche. Y entonces ponían una música para que todos pudiéramos detenernos y recapitular y entender bien lo que pasaba, y nos trasladábamos a la noche, y para que quedara más claro se oía el cricrí de los grillos y el aullido de un lobo a lo lejos. Y resulta que el ladrón era un pájaro con las plumas de oro y el príncipe le disparaba y se oía la flecha, fiiiiiu, viajando por el aire, pero el pájaro se escabullía y el joven se lamentaba con su vocecita. Y lo perseguía por todo el mundo y en China se oían flautas y golpes de tambor y en América se encontraban con indios que daban gritos de guerra y al final se hicieron amigos, el príncipe y el pájaro de oro, porque el animal podía hablar y se pasaban el día contándose cosas y al final se querían, y papá dibujaba con el carboncillo y la cara pegada al papel, y cuando se concentraba tanto no sabías si era un hombre loco o un hombre tranquilo. Y el relato se acabó con los dos felices y una canción para bailar, y aplaudí antes de que el locutor de las noticias serias hablara y papá también se puso a aplaudir y a hacerme girar porque le parecía que el cuento había sido buenísimo.

Maria no se había casado, pero había tenido un hijo con un suizo alto y rubio que venía los viernes en un coche verde y dejaba al niño en la portalada. El pequeño se estiraba y llamaba al timbre y la anciana lo iba a buscar, y caminaban cogidos de la mano hasta la cocina en la que todos tomaban café. Maria corría a abrazarlo y lo levantaba en el aire y le llenaba la cara y la tripa de besos, y a veces le caían lágrimas de la felicidad. Los otros le hacían fiestas y lo cogían y se lo sentaban en el regazo, y él bebía de las tazas de todos y sabía que era el rey del lugar. Sexto echaba de menos a su hija y los demás echaban de menos a los hijos que todavía no habían tenido.

Se acostumbró rápido a Arnau y le pedía que lo subiera a hombros. Arnau lo cogía por las costillas y se lo colocaba sobre la nuca, con las piernecitas colgándole sobre el pecho. Le apretaba los pies con las manos para que se sintiera seguro. De tanto cargar ladrillos arriba y abajo se le habían ensanchado los brazos, y la cara se le había endurecido y la barba despuntaba en la zona de la mandíbula. Había crecido de golpe y parecía que tenía los mismos años que Maria, que cumpliría veinticinco el marzo siguiente, y cada día se fascinaba con que él solo hubiera vivido diecisiete. Y en efecto todavía era un niño, especialmente cuando leía y encogía las cejas porque no entendía nada o cuando lo observaba todo con los ojos agrandados como si acabara de nacer.

Después del café y la nata, subían los tres a la casita de las mujeres y calentaban agua en un cubo blando y metían al chiquillo dentro. Una noche, mientras Arnau le lavaba la espalda y ella le revolvía el pelo con jabón, como si el niño no estuviera ahí, Maria dijo, ¿sabes por qué le puse Josep? Él negó con la cabeza y ella continuó, divertida, porque su padre no sabe pronunciar el nombre ni se lo sabrá decir nunca y así siempre me querrá más a mí.

El señor le había permitido poner una cama de matrimonio en la habitación para cuando venía Josep. Las noches del fin de semana, Arnau los dejaba bien acurrucados en la cama llena de bolsas de agua caliente. El niño se hacía una bolita y se colocaba entre el cuello y el vientre de su madre, como si quisiera volver a meterse dentro. Ella no dormía en toda la noche porque se quedaba contemplándolo y contándole las respiraciones.

Y las noches de los días que trabajaban eran para Arnau y, una mañana, con la claridad abrasándole los ojos, Maria le preguntó, qué crees que pasa cuando nos morimos. Y él se quedó descansando los huesos, aprovechando la última oscuridad, y le susurró, creo que vivimos la misma vida que tenemos ahora, pero sin las cosas malas. Solo somos felices.

Los domingos por la tarde, cuando el padre suizo venía a buscarlo y se tenían que despedir junto a la valla, ni el niño ni la madre lloraban. Se daban un abrazo y un beso corto en los labios, se separaban contentos y de repente volvía a ser viernes por la tarde, porque para ellos no existían los días que no eran fin de semana y no estaban juntos.

No había dibujado desde que se murió Ariana, y volvió a hacerlo una tarde en la que helaba tanto que Josep se abrazaba a sí mismo, y las vértebras se le marcaban a través del jersey. Estaban en el porche de la casa blanca, Arnau y Antonio sentados en dos butacas de mimbre vigilándolo mientras su madre hacía las camas.

Los días de trabajo, tumbados en la cama antes de dormir, Arnau le colocaba una mano debajo de la cabeza y con la otra le hacía caricias en los labios a Maria, y le pedía, cuéntame cómo es la casa grande por dentro. Y ella se los humedecía, tomaba aire y modulaba la voz, le decía, pues hay una entrada que no tiene paredes normales, solo tiene espejos, y limpiarlos da mucho trabajo porque se ensucian enseguida y yo, cuando les paso el trapo, a veces me mareo de verme por todas partes y tengo que parar un momento para saber dónde estoy. Abajo está la habitación de la hija, que es como la de una princesa, con las colchas de color rosa claro y un dosel de tela blanca en el que encerrarte cuando estás muy cansada de todo, y también tiene un escritorio que si quisiera moverlo no podría, de lo mucho que debe pesar, y encima tiene dos máquinas de escribir y un montón de libros y papeles con los relatos que empieza y acaba odiando. Y las escaleras son blancas y negras, una de cada color, una blanca, una negra, una blanca, una negra… y así hasta llegar arriba, y cuando te toca pisar la blanca sientes que caes al vacío. Y arriba hay una alfombra azul de terciopelo que ocupa todo el piso y, cuando te agachas a barrerla con el cepillo pequeño, huele al perfume de la señora, porque el terciopelo retiene todos los olores y no los suelta jamás, por mucho que cepilles. La habitación de los señores tiene dos camas individuales, no duermen juntos. A mí eso me da un poco de pena porque en invierno aquí es importante tener alguna cosa que te dé calor. Pero mejor para mí, porque hacer y deshacer una cama de matrimonio supone mucho trabajo y yo con esta ya tengo bastante, y las noches que tú no vienes y tampoco está Josep, duermo hecha un ovillo en un lado, como esos bichos a los que tocas y se encogen dentro de sí mismos y quedan hechos una bola, pues igual. Y así no deshago el otro lado y a la mañana siguiente solo estiro la manta de mi lado…

Al final Arnau le decía que callara porque se tragaba su aliento y nunca había estado tan cerca de nadie.

Antonio había encontrado una pelota de goma en el armario. Se la lanzó al niño cuando empezó a preguntar por su madre. Hablaba en catalán porque Maria siempre le había hablado así pero tenía un acento gracioso, arrastraba las palabras. El mocoso recibía la pelota y se la devolvía a Antonio y Antonio la lanzaba cada vez más alta. En el último lanzamiento el balón salió del porche y acabó en las piedras oscuras de enfrente de la casa, y Josep, que corría porque si no se le entumecían las piernas, se cayó y empezó a llover y no era ni agua ni nieve, sino algo extraño que caía del cielo. Regresó al porche con el pelo lleno de gotas que no se volvían líquidas y la rodilla derecha llena de sangre, y no lloraba pero se mordía las mejillas por dentro.

Arnau fue a por anís a la cocina, le echó unas gotas en la herida, se puso un poco en el dedo y se lo metió al chiquillo en la boca. Este lo mordisqueó para darle las gracias y también para que supiera que el alcohol le escocía en la rodilla. Y el anís también le quemaba en la lengua y en las muelas, y se dejó caer de culo en el suelo; quería que lo vieran y se dieran cuenta de que no necesitaba a nadie, mientras se pasaba la pelota de una mano a otra con la cara blanca e indiferente de niño que es de dos sitios a la vez.

Y Arnau salió disparado hacia la habitación de princesa. Sí que había espejos en la entrada y te hacían chiribitas los ojos del brillo que emitían de un lado a otro, y la habitación de la hija era cálida del calor del invierno, que no es húmedo ni pesado y te enciende la cara, y rebuscó en el escritorio hasta encontrar un papel que no estuviera escrito y lo cogió y también birló un bolígrafo negro. Salió, volvió a sentarse en la butaca y se puso a dibujar, y el bolígrafo le pesaba en la mano y la piel que une los dedos, la más sensible del cuerpo, se le iba cortando a medida que al Josep de carne y hueso le nacía un gemelo de papel. Y primero fue la cabeza gacha, los labios pegados y decididos a no soltar palabra, las cejas finas y rubias y la nariz que le crecería hasta que fuera abuelo. El jersey azul de lana seguro que le escocía la piel, pero él no se quejaba. Tenía las piernas abiertas, los zapatos negros y los calcetines blancos subidos hasta la mitad del gemelo, y la rodilla pelada, húmeda de licor, y la piel sana de alrededor preparándose para ir formando costra. Y todo él sabiendo que lo retrataban, sin mirar a los ojos de quien le había lanzado la pelota con demasiada fuerza ni de quien le había encendido la carne con alcohol.

Le encantaban las fresas que crecían por todas partes y los tres perros que le lamían la cara. Hacía que fueran a por palos de las ramas que caían de los árboles, y los animales se los traían y querían caricias en la tripa. Se pasaba la semana preocupado, temiendo que el viernes, si lo veían, no lo reconocieran o le rompieran los pantalones. De mayor iba a ser un poco como el padre y un poco como la madre, y nunca como cada uno de ellos quisiera.

La primera borrachera de Arnau fue una noche de luna llena, a base de alcohol ruso. La mayordoma llamó a la puerta de la casita de los hombres un jueves de madrugada, y todos estaban durmiendo, envueltos en las mantas de lana y los pantalones de franela gorda. Ya no dormían vestidos. Comprar la ropa de cama fue aceptar que iban a pasar todo el invierno en Suiza; era un compromiso, como casarse.

Les hizo vestirse; con la anciana aún no se entendían del todo. Se resignaron y la siguieron. La casa blanca estaba muy curiosa. De los ventanales de la planta de abajo salía una luz anaranjada. Dentro se veían pasear siluetas dando vueltas, y la música hacía vibrar los cristales y la madera. La mujer los guio, cruzaron la entrada y avanzaron hacia el salón por debajo de las escaleras, hasta el fondo del recibidor. La puerta estaba muy escondida y era plateada.

Había mujeres con pelucas negras y el flequillo corto que imitaban a Cleopatra, bailando de perfil con una mano por delante y otra por atrás, haciendo el egipcio. Al lado, en otro grupito, las chicas llevaban extensiones rojas bajo el pelo natural. Los vestidos de noche tampoco eran normales: brillaban y se movían como si el viento los agitara todo el tiempo.

La euforia y las ganas de bailar las sacaban de las copas. Los hombres, en frac y con cola negra, se movían como pingüinos, con el culo en pompa, y perseguían a las bailarinas con botellas de champán espumeante.

Y las había que danzaban solas, agarradas a la mano y la cintura de un acompañante imaginario. La señora se había puesto una peluca verde de corte desigual y llevaba los párpados llenos de polvo azul. Alguien le había alargado los ojos hacia arriba con un lápiz de tinta negra. Solo se la reconocía por los andares altivos. Cuando los vio, se acercó y los besó a los tres en los labios; le brillaban los dientes y cuando los músicos descansaron, la cara se le entristeció de golpe.

El señor se apresuró para llegar a donde estaban, con una botella estrecha en las manos y los labios embadurnados de rojo. Parecía un niño pequeño que empieza a comer solo y se cansa de los cubiertos y acaba embutiéndose la comida en la boca con la mano que no coordina. Les golpeó los hombros, se sacó tres vasos de cristal del bolsillo, dio uno a cada hombre y les sirvió, pese a tener las manos sucias de restos de la cena. Brindaron y Arnau bebió por compromiso, esforzándose mucho para no vomitar.

Los músicos tocaban violines, dos pianos, una trompeta y un bombo con un platillo que hacía ruido de cristales rotos, y Antonio y Arnau y Sexto lo observaban todo en ropa de trabajo, y el señor les rellenaba los vasos de vodka y les besuqueaba la frente. Después de cinco vasos, Arnau descubrió a Maria llevando una bandeja de plata y sirviendo caramelos y fruta a los invitados, y le pareció tan bonita como un museo... La luz se iba volviendo intensa y todo era más anaranjado que al principio, y los ojos debían de hacerle chiribitas porque veía cosas que seguro que no existían... Mujeres que se desnudaban porque les molestaba la ropa y hombres con antifaces que seguían bailando encima de las mesas, y de vez en cuando se lanzaban hambrientos a los platos de lo que quedaba del pollo y las zanahorias doradas con mantequilla y el chocolate que se les pegaba a la barba, y quizás todo aquello sí existiera. Maria vino y le dio un cachete suave en la cara y le abrió los labios, y los señores la mandaron de vuelta a trabajar, y Sexto apareció con la guitarra y raspaba las cuerdas y los músicos querían acompañarlo pero no sabían qué tocaba. Una chica con un vestido corto se acercó a Antonio y le pegó para que bailara y lanzaba billetes al aire, y tenía tantos que cubrían las caras de la gente y todo el mundo estaba ciego pero seguían felices, dando vueltas y chillando. Una vieja se fumaba dos cigarros a la vez y a un chico en traje y pajarita le cayó ceniza en los ojos y gritaba como si lo estuvieran matando mientras rodaba por la alfombra, y todos lo miraban divertidos hasta que una mujer sin pelo postizo se sacó la teta para verterle leche y aliviarle las quemaduras, y funcionó porque el chico se levantó y le besuqueó la cara durante muchos minutos. Entretanto a Arnau le molestaba hasta su propia piel y se la hubiera arrancado a tiras, y es que a fin de cuentas el dinero es bueno si te gusta la locura.

XIV

Los sábados por la tarde, si no nevaba, cogían las bicicletas de los establos y pedaleaban por la carretera en sentido opuesto a la ciudad, hacia el pueblecito. Llegaban al cabo de media hora con la garganta reseca por el tabaco y las piernas rojas de lo que cortaba el viento. No había más de cincuenta casas y todas estaban hechas de madera oscura, con el tejado en forma de uve invertida y flores en los balcones que no se morían aunque la nieve las enterrara. Las mujeres iban por las calles en pantalones debajo de los vestidos y eran robustas como pocos hombres lo son.

Arnau y Antonio dejaban las bicis arrimadas a la primera casa y subían a pie. Había que ir con cuidado porque se gastaban las piedras y aquel país lo habían construido antes que las ruedas de los coches y que los zapatos de suela de goma, y te resbalabas. Giraban una vez a la izquierda y luego a la derecha, y antes de entrar al bar se tocaban la cara el uno al otro para recuperar el color.

Abrían la puerta y una campanita tintineaba, y todos los que bebían se volvían hacia ellos. El espacio era minúsculo, con mesas redondas y un humo espeso que las sobrevolaba. Ellos se sentaban en la barra y pedían dos vasos de vino caliente con canela. Se lo bebían a sorbitos para que no los despacharan enseguida y escuchaban lo que el jefe decía a los clientes de siempre, si hablaban de fútbol, del precio del carbón y de la leña o del trineo que acababan de comprar a sus hijos. Había días en que todo eso lo decían enfadados y otros en que lo decían sonrientes, y ellos se esforzaban por observarles las caras, como Antonio había hecho por las calles de Barcelona para poder hablar en catalán.

Y cuando se terminaba el vino, salían y caminaban hacia una tiendecita que había en los bajos de una casa de cuatro plantas. La luz de todos los pisos estaba siempre encendida y veían a la gente dentro sentada junto a las estufas y preparando la cena en los fogones. Los del segundo tenían un perro peludo y pequeño al que llevaban en brazos, y un día Antonio dijo que debía de ser un perro de agua y Arnau se echó a reír hasta que le cayeron lágrimas de los ojos, porque los perros son solo de tierra y de aire.

En la tienda vendían chocolate y nada más, y Arnau solía comprar dos tabletas. Era chocolate con leche y trocitos de turrón, y la señora de detrás del mostrador lo miraba a través de unas gafas de media luna y le envolvía la compra en papel de periódico. Él leía las partes que no quedaban arrugadas, y algunos días se casaba un príncipe en Holanda y otros estallaba una colonia italiana, y daba la sensación de que aquí cerca nunca pasaba nada.

Cuando llegaban a casa, Arnau subía a la habitación de Maria y ella estaba en la cama con Josep. Se sacaba el chocolate del bolsillo y les regalaba las tabletas, y ellos las iban partiendo y se ponían los trocitos debajo de la lengua. Dejaban que el cacao, el azúcar, la leche y los trocitos de turrón se extendieran poco a poco por la boca. Les decía adiós con la mano y nadie estaba cansado de trabajar.

Mientras Arnau y Antonio estaban en el pueblo, Sexto se colaba en la habitación de la segunda criada. Sin uniforme parecía esbelta, de piernas más largas. Y cuando ya era de madrugada y ella se dormía, él salía de la habitación y se detenía enfrente de la otra, escuchaba las respiraciones de una niña y una mujer y forzaba su mente para imaginar que eran su hija y su esposa. Echaba de menos el hogar y, para no pensarlo, dormía abrazado a otra persona en una cama de niño.

La primavera llegó sin que se dieran cuenta. Una mañana, Josep vio que despuntaba una fresita. Durante aquel invierno había crecido y el año que viene ya sería tan alto como su madre, o eso le decían todos, y él se impacientaba. Se lo contó a Maria a la hora de comer, y por la tarde se acercaron hasta los fresales de delante de la casa blanca. La vieron enseguida, medio escondida entre dos hojas y a ras de suelo. No era muy grande, pero era de un rojo tan vivo que anulaba los colores grises y los dejaba fuera de combate hasta otoño. Josep dijo, cógela tú, que a mí me da miedo aplastarla, y Maria apartó las hojas para poder llegar hasta la fruta.

La noche anterior, el niño le había pintado las uñas de rojo. Necesitaron tres capas para tapar las grietas y los repelos. Y ahora aquel color era igual que el de la fresa. La tocó y pensó que ya la alcanzaba, y se le hizo la boca agua y se imaginó que ella se comería una mitad y Josep la otra, que sería un bocado muy triste, pero así al menos la podrían probar los dos. Y para que supiera mejor le pondrían azúcar por encima. Pero los dedos no le respondían como ella quería y se quedó agarrotada: la piel de la fresa tan cerca, y ella tiesa como un palo, con el pánico recorriéndole el cuerpo como si fuera la sangre.

Josep acabó por apartarle la mano y coger él mismo la fresa, porque tenía un anhelo que podía convertirse en rabia si no se la comía pronto. Maria, con la voz rota y las pulsaciones a mil, le dijo al niño que la llevara a la cocina y la azucarara y se la comiera toda, y él obedeció y echó a correr porque no quería que se arrepintiera ni tener que compartirla.

Se incorporó y se puso a caminar en círculos, con las manos cruzadas, intentando que el contacto con la mano hermana devolviera la vida a la que se había quedado paralizada. El movimiento iba regresando, y Maria la abría y la cerraba y se reía de verlo. Su hijo vino a buscarla con los morros escocidos de tanto lamérselos y la lengua llena de semillitas verdes, y le dio envidia, y también miedo, que un día se fuera a quedar solo.

A la mañana siguiente no pudo encender la luz con las manos. Tuvo que ponerse de puntillas y apretar el interruptor con la cadera. Al cabo de dos semanas, con la llegada de Josep, corrió a la cocina para darle un abrazo y se cayó de bruces en el porche porque la pierna izquierda no le respondió.

Los señores llamaron al médico e hicieron la visita en la habitación del dosel. El doctor escuchó el corazón de Maria, le palpó la espalda, le tocó los brazos y las manos, se los pellizcó y se los golpeó con un martillito de hierro, la puso a caminar en línea recta y después en zigzag, también a correr y a seguir con los ojos la luz de una linterna. Cuando acabó, dijo que llegaría un momento en que los pies y las manos no le funcionarían porque el cerebro se le desconectaba del resto del cuerpo, que era como una marioneta a la que le van cortando los hilos, primero uno y después otro, y que al final no se iba a poder mover, pero que eso todavía quedaba lejos, que nadara y bailara y bebiera mucho champán porque un día la tendrían que llevar empujándola en una silla de ruedas.

Y, conforme el viejo hablaba, Maria asentía. Le venían a la mente los malditos espejos de la entrada, y es verdad que se le acababa la salud, pero también se le acababa tenerlos que limpiar cada santo día.

DÍA DECIMOSEXTO

Una tarde me dijo que íbamos a salir y que no volveríamos hasta la noche. Aquel día me puse un vestido negro que se ataba por la parte de delante, con seis botoncitos pequeños como lentejas, y los zapatos de charol que me hinchaban los pies. Salimos del piso cogidos de la mano. Las mías estaban sudadas y, de vez en cuando, papá se secaba la suya en los pantalones y después me la volvía a coger. Íbamos todo el rato a la misma distancia, y si me alejaba un poco él tiraba de mí con delicadeza. Pero yo no me hubiera ido nunca.

Pasamos por el estanco de Fontana y compramos siete paquetes de Marlboro. Tres me los tuve que guardar yo en los bolsillos de la falda, e íbamos los dos por la calle con unos bultos en las caderas que nos hacían parecer señoras brasileñas. Cogimos el metro hasta Sants y allí entramos en una carnicería que olía a piel quemada. Papá pidió tres monedas de queso, y la dependienta gorda nos lo envolvió en un hatillo de tela amarilla que me gustó porque tenía la forma de un cubo perfecto. Salimos y nos pusimos a caminar de nuevo, y llegamos a un edificio hecho a base de remiendos, y allí me di cuenta de que a las casas también se les puede coser encima para taparles un agujero.

La gente esperaba en fila. La mayoría eran mujeres, y muchas llevaban pañuelos en la cabeza y si querían esconderse el pelo no lo conseguían, porque la melena les caía por detrás y a algunas les llegaba hasta media espalda. Los niños se agarraban a ellas, y ellos sí que iban pelados, con la cocorota desprotegida, y sujetaban hatillos como el nuestro. Y la cola avanzaba y al entrar podías oler el pis y el sudor de personas diferentes cuando están encerradas en un mismo sitio. Nos hicieron esperar más en una sala con sillas de corcho. Eran blandas, pero me arañaron las piernas.

Y allí, en la antesala de los reencuentros, lloraba una señora de gafas redondas, empañadas por completo. Se las limpiaba y, acto seguido, metía la cabeza en los pechos de otra, que la consolaba y la sumergía todavía más en ese montón de grasa, mientras un collar de oro ponía el broche final a la escena. Y así iban jugando hasta que las hicieron pasar, y se oyeron gritos de alegría y el sonido de los abrazos: dos cuerpos que chocan. Un guardia civil nos revisó los carnets de identidad. Supuse que papá había cogido el mío de la bolsa de cuero. El guardia nos abrió una puerta pesada y, al otro lado, encontramos una mesa y tres sillas y, sentado y esperando, un hombre con barba y vestido con una camisa de color blanco roto, sucia en el pecho y los puños.

Nos sonrió y tenía los dientes blancos pero torcidos, y todos los de abajo montados unos sobre otros. Papá me volvió a coger y me empujó hacia la mesa; era lo que hacía siempre que quería que fuera a un sitio sin tener que pedírmelo. Nos sentamos, y más corcho. El hombre no me quitaba la mirada de encima y papá dejó los paquetes de tabaco en la mesa, y yo lo imité. El hatillo amarillo se lo puso directamente en las manos, y el hombre sucio se había cortado al afeitarse, porque tenía marcas en las mejillas y en la barbilla, y cortaba el queso con las manos, arrancando trozos con las uñas largas. Y nosotros nos quedábamos quietos mientras comía con la boca abierta, y se suponía que era alguien a quien tenía que reconocer, pero no me recordó a nadie.

Decidió guardarse un trozo de queso, lo volvió a envolver con torpeza, se lo puso en el regazo, cogió un paquete de Marlboro, le quitó el envoltorio, le lanzó un cigarro a papá y a mí me dijo, ¿fumas? Se había inclinado hacia mí, sus ojos eran oscuros, y yo sacudí la cabeza y me noté los mofletes calientes. Se echó a reír.

Papá encendió los dos cigarrillos. Dieron unas caladas y yo observaba las paredes de la celda, que tenían pintadas de tinta negra y de tinta roja que debía de ser sangre. Alguien había llevado la cuenta de todos los días que había estado ahí y cada día era un palito y había cien como mínimo, que es el número más grande que conoces cuando tienes ocho años. Me dio pena el prisionero de los cien días y, si hubiera podido conocerlo, le habría dado un abrazo.

Y papá debió de cansarse porque me dio un golpecito y me dijo, *mos* marchamos. Los tres nos pusimos de pie y el paquete amarillo rodó al suelo. Parecíamos tres vaqueros a punto de desenfundar las pistolas, estudiándonos, esperándonos, temiéndonos, pero al final no pasó nada y el prisionero sentenció, tienes una nena que es igual que Ariana, y vete a saber lo que significaba eso.

Ahora que hacía más calor, entre semana, antes de acostarse, Arnau y Maria entraban en la cocina de la casa grande y ponían el café sobrante del día en dos tazas. Arnau lo calentaba en los fogones y le añadía un trozo de mantequilla, que lo volvía cremoso y lo dejaba más lleno. Regresaban a la habitación y se lo bebían bien tapados con las sábanas de algodón. Una noche en la que soplaba el viento y se oía el silbido del aire, a Maria se le agarrotaron los dedos. Pidió a Arnau que le diera el café, que le pusiera la taza en la boca y la inclinara mientras ella tragaba, y él lo hizo. Cuando el café le hubo bajado por la garganta, le comentó el asunto de la marioneta y el champán que debía darse prisa en tomar y le preguntó, lo que me dijiste de cuando nos morimos, ¿lo crees de verdad?

Y Arnau le dijo que sí, que lo creía: que cuando él se muriera volvería a nacer en el mismo lugar, en la misma casa y al lado del mismo mar; y sus padres volverían a ser sus padres, pero los querrían más, a él y a sus hermanos, les darían abrazos y besos, y en invierno no pasarían frío porque no vivirían en una casa helada; y su hermana no se caería de la higuera, y su hermano tendría ojos de nieve como él, Ariana y la madre; y plantar arroz no les doblaría la espalda.

Y Maria dijo que cuando ella se muriera también iba a nacer en el mismo lugar y en la misma casa, pero de una madre más valiente y un padre que le pegara menos; y se casaría con el chico suizo, e irían los tres metidos en el coche verde, y Josep no tendría que vivir siempre entre dos países, dos idiomas y dos personas.

Y cuando lo hubieron dicho todo, soplaron la vela y Arnau pensó que quedarse a ver cómo Maria se iba volviendo de piedra sería como volver a gritar el nombre de Ariana ese día en que la tocaba y ella se moría sin prisa. Por la mañana tenían calor, pero seguían con las manos entrelazadas.

Àngela tenía pegado un trozo de papel en el armario de la cocina con las direcciones importantes: la de Carmen, la de los padres de Enric, la del médico, la de los clientes a los que el padre iba a hacer reparto y la de los padres de la madre, que vivían en Barcelona y a quienes sus hijos no conocían.

La dirección exacta era calle París, número setenta y cuatro, cuarta planta, segunda puerta; las *t* con el palito curvo y las *s* aplanadas. De pequeños, en el proceso de aprender a leer, los niños se plantaban delante de ese papel, descubrían dónde vivían los abuelos y le preguntaban si los echaba de menos. Àngela los sentaba en sus piernas y estaba a punto de decirles que un poco, que a veces; pero les olía la piel de la nuca y se daba cuenta de que los quería poco, aunque más de lo que nunca había querido a nadie.

Y Arnau lo recordaba todo. En la carta puso que buscaba trabajo en Barcelona y preguntaba si todavía tenían la editorial, y si necesitaban a alguien que ilustrara los libros. Adjuntó el dibujo de Josep del día que se peló la rodilla y lo demás en un sobre con el sello de la cruz blanca.

Cuando decidió que se iba, la casa ya tenía paredes. Había dejado de cargar ladrillos y ahora enyesaba por dentro y por fuera, y acababa las jornadas con la piel manchada de blanco por todas partes. Maria lo lavaba en el cubo de plástico en el que también lavaba a su hijo; las piernas delgadas le colgaban por fuera y la sala de estar acababa hecha una piscina.

El abuelo le contestó al cabo de tres semanas: que volviera, que le daría trabajo y le buscaría un piso donde vivir y que iba a cobrar bien, diez billetes cada semana si trabajaba rápido. Y que el dibujo del niño le había gustado, y que cuando quisiera ir ahí le esperaban.

El día que se fue, la cocinera le hizo un *brioche* con confitura de fresas por encima y se lo comió en el porche, que brillaba con el sol. Arnau dio un trocito a cada uno, y lo que sobró lo envolvió y guardó en una bolsa para el viaje. Se dio abrazos con todo el mundo. En la parte de abajo de la maleta llevaba el dinero que había ganado en esos últimos meses, y solo era papel. Mientras lo amontonaba, pensaba que le hubiera gustado ver la casa acabada y que alguien riera y llorara en ella, que tuviera niños y perros y todas las cosas que conforman la vida.

Maria le prometió que le escribiría y a Josep lo lanzó al aire una decena de veces. El niño quería más y pedía más, y Arnau seguía con los brazos cansados. Alargaban aquello porque, cuando el pequeño tocara el suelo, ya estarían separados. Sexto y Antonio le dieron dos bolsas de agua caliente para el tren y los tres se fumaron un cigarro en el porche mientras se pasaban la pelota de goma sin saber qué más decirse.

Se dijeron adiós con la mano y volvieron al trabajo: a limpiar los muebles, sacar el polvo, apilar ladrillos y cementar tejas. Él rehízo el camino de meses atrás hasta la estación, subió al tren y se quedó dormido en un asiento junto a la ventana. Con el balanceo de las vías y el rodar de las ruedas de hierro, soñó que dormía mecido por el mar.

Cuando Ariana murió, Armand abandonó a Arnau en la pequeña villa porque no soportaba verle la cara. Dejó de quererlo cuando se dio cuenta de que podría haberla cogido en brazos y salir a buscar ayuda, al menos intentarlo. Así que un día le dijo que subiera al camión y se lo entregó a Teresa, y a Àngela le pareció bien. La tarde que regresó de Barcelona sin Arnau, su esposa le dio una taza de leche caliente y ambos se quedaron dormidos en las butacas de la sala.

Andreu les pidió la dirección de la villa unos meses después y les dijo que él también se iba para allá, a buscar un trabajo que no le encogiera la espalda y a escuchar cómo habla la gente de fuera. Durmió tres noches seguidas en la playa; se bañaba y se dormía con el cuerpo húmedo, y así se despidió de sus olas.

El padre siguió trabajando en el terruño. Algunos días, al acabar, se iba a la higuera, se limpiaba la tierra de la cara y las manos y, como si tuviera público, hablaba: yo antes tenía tres hijos, y *ara no me'n* queda ninguno. A una la dejaron morir y los otros dos se los *hai* enviado a una mujer a la que le salieron los hijos muertos y los tiene enterrados en *lo jardí* de la casa, ya ves qué loca está la gente... y le *hai* dado los dos *nois* y supongo que los quiere *com Déu mana* y no como los hemos querido nosotros, porque si ha pasado lo que ha pasado es por culpa nuestra: mía y de *sa mare*. A Àngela la hice venir aquí sin que ella lo quisiera del todo; le prometí que seríamos felices y tendríamos un *cavall* y al final solo tuvimos hijos y creo que ella no hubiera querido tenerlos. *Ara* baja hasta la playa y se mete a *l'aigua* vestida y llora cuando sumerge la cabeza, y así nadie la ve. Sale con la cara mojada, y no sabes si es *lo* mar o son las lágrimas. *Ara* que no tiene hijos tampoco ríe demasiado. Se ha hecho vieja, y me *hai* dado cuenta de golpe. *Ara* que estamos solos y *mos* miramos más rato porque no tenemos a nadie más a quien mirar, no sé si la quiero. No sé si me *hai* cansado de ella con los años o si solo la quise la noche que la vi con un globo dorado que le había regalado otra persona.

Tercera parte

I

El abuelo se llamaba Àngel y así lo llamaba Arnau, por el nombre, y el primer dibujo que le pagó fue el de dos chicas en minifalda y con el pelo rubio, y Àngel le dijo, hazlas guapas y con las piernas largas, que el escritor es inglés y ellas también. Le buscó un piso en la plaza de la Virreina y le compraba estuches profesionales llenos de compartimentos, con lápices de mina fina y colores de madera delgada y carboncillos de los buenos, de esos que no dejan grumos. Y él no podía creerse que dibujar fuera un trabajo de verdad.

La abuela se llamaba Marta y Arnau la llamaba así, abuela. Ella y Àngel dormían en habitaciones separadas y no hablaban mucho, solo para decirse buenos días y decidir qué harían de comer o comentar que había que cambiar la bombilla del comedor. En la cabecera de la cama tenía una foto enmarcada de Àngela, de la boda. Se la enseñó a Arnau el día que este entregó el dibujo de las chicas divertidas, metido en un sobre marrón y atado con un cordel.

La madre había llevado un vestido blanco perla, abierto por delante, de modo que se le veían las rodillas, las piernas rectas y los tobillos. Por detrás caía hasta el suelo y formaba una cola redondeada. Sostenía un ramo de rosas entre las manos y se la veía feliz, porque sonreía sin enseñar los dientes. La abuela acariciaba el marco y contaba que en el convite habían bailado y habían bebido vino rosado en copas de verdad, de cristal de Bohemia, y que la novia llevaba pintalabios rojo por toda la cara de los besos que le daba Armand. E imaginárselos de jóvenes lo hizo sentirse extraño. Y al día siguiente se fueron y ya está.

Después de cada parto, la madre les enviaba una carta en la que explicaba cómo había sido el embarazo, el nacimiento y el nombre del recién llegado, y nada más. Y, los días que llegaban las cartas, los abuelos se sentaban en la galería, juntos, y se quedaban pensando en la hija y en los nietos. Con las tres primeras abrieron botellas de cava y con la cuarta lloraron, porque en esa les decía que Ariana había muerto, y a las personas que no conoces ni has visto nunca también puedes quererlas.

En el piso nuevo casi no había nada, y fue pegando en las paredes las primeras versiones de los dibujos que Àngel descartaba, para tapar el vacío. Una noche subió al bar verde y conoció a una chica con la nariz en forma de garfio y los brazos llenos de brazaletes de oro hasta el codo. La invitó a casa solo porque al moverse las pulseras tintineaban y le hacía gracia, y fue la primera vez que dormía con alguien que no era Maria, y también la primera vez que dormía con alguien a quien no quería.

Recibió la primera carta cuando hacía seis meses que había vuelto a vivir a Barcelona. La encontró en el buzón del portal, del que asomaba medio sobre, y en ella le contaba que el pie le había fallado subiendo las escaleras blancas y negras y se había torcido el tobillo, y que tendría que pasar unas semanas con el pie escayolado, blanco, como cuando él embadurnaba de yeso las paredes de la casa nueva. Arnau le respondió en una lámina sin palabras, con el dibujo de un pie huesudo cubierto de cáscaras de castaña que se abrían, hojas de fresa y gotitas a medio camino entre el agua y la nieve.

Después de las chicas inglesas vinieron un perro devorando una pata de pollo, dos hermanos en pijamas azules leyendo un cuento en la misma butaca y una chica de rizos indomables que se los pulverizaba con un producto alisador milagroso. Arnau cobraba diez billetes por semana y cada mañana bajaba a la carnicería de la plaza, compraba un filete de carne magra y se lo freía en la sartén para comer: el crec-crec de la grasa deshaciéndose al fuego, el olor del aceite saltando enfurecido y una copa de vino tinto para abrir boca. Esto último no le entusiasmaba pero le parecía que quedaba muy de adulto con trabajo y dinero.

Trabajaba por las tardes y le gustaba hacerlo al aire libre, porque nunca le faltaba luz. Se fijaba en la manera de caminar de la gente y los dibujaba, y ellos nunca llegarían a saberlo. Cuando se cansaba, entraba en la pastelería de los bajos de su edificio, compraba un trozo de pastel de nata recién hecho, se lo ponía en la palma de la mano y salía a pasear mientras se lo comía con los dedos.

El día que cumplió dieciocho años comió en casa de los abuelos y le sacaron un pastel de merengue como una montaña, con dos velas largas que chispeaban. La abuela le cantó el cumpleaños feliz. Tenía los ojos hundidos y bajos, y de color nieve. Cosía con hilo blanco la ropa oscura y con hilo oscuro la ropa blanca, y cada domingo compraba flores en los puestos del barrio, un ramillete a cada florista; al llegar a casa los ponía juntos en un jarrón de boca ancha y parecía primavera. No sabía leer ni escribir y nunca le pidió al marido que le enseñara, pero por las noches entraba en el despacho y pasaba las páginas de los libros oliéndolos. No los entendía, pero se había pasado la vida rodeada de aquel aroma.

Arnau sopló las velas y cerró los ojos cuando le dijeron que tenía que pedir un deseo, pero no quería nada ni necesitaba nada porque desayunaba chocolate hervido con nata siempre que quería, y le parecía que ahora era más feliz que nunca: más que cuando se caía sobre las piedrecitas y siempre llevaba las rodillas sucias, y más que construyendo una casa de ricos mientras el frío le escamaba la piel.

Cortaron el pastel y se llenaron los carrillos de merengue azucarado, y Àngel comentó, lamiéndose los labios, que le había llegado la carta de una agencia de publicidad, que habían visto las ilustraciones de los últimos libros y tenían trabajo para quien las hubiera hecho. Que no serían muchas horas ni muchos encargos y que podría dibujar para los dos, para la editorial y para la agencia, y que le pagarían bien, porque eso de los anuncios está de moda, hay más que nunca y algunos son incluso bonitos. Arnau dijo que sí, y así se compraría una butaca de las que tienen una palanca en un lado, se reclinan hacia atrás y se hacen cama.

Y lo primero que quisieron en la agencia fue vender pintalabios de color azul. Le encargaron que fuera a una peluquería del centro, donde había un montón de espejos y peines guardados en cajitas y una veintena de chicas que hacía poco que no eran niñas. Estaban quietas, unas al lado de las otras, y ya llevaban los labios azules y parecía un escaparate.

Uno de los jefes de la agencia, con traje y corbata y una cara como la de la mayoría de la gente, le dijo a Arnau que eligiera una. A él todas le parecían guapas y delgadas, y se sentía como el amo que un día se levanta, se acerca a los establos que otros cuidan y dice, hoy me apetece cerdo para comer, y observa a los cochinillos con ojos golosos, la saliva cayéndole por un lado de la boca, y elige el más gordo y el que tiene las orejas más puntiagudas, y ordena a algún jornalero que lo coja en brazos y le saque la sangre y las tripas y lo cocine a fuego lento. Y trató de no mirarles las piernas.

Para acabar rápido, dijo al de la agencia, la última. Y la última llevaba el pelo más corto que las otras, a la altura de los hombros, con el flequillo tupido que le cubría la frente y las cejas, pero era la más alta y tenía la barbilla redonda. El hombre de la cara normal anunció que se quedaban a la última, que se les acercara, y a las demás, gracias por venir. Acordaron que se verían una vez a la semana durante un mes, que el dibujo sería solo de la cara, y que trabajarían una hora entera; ella tendría que llevar los labios pintados de azul y una barra de pintura en el bolso, por si acaso.

Quedaban al mediodía porque por las mañanas y por las tardes Àgata trabajaba en una panadería de la calle Mallorca. Vendía barras de pan; las deslizaba en unas bolsas de papel alargadas y, al tocar el fondo, crujían como si se rasgaran. El primer día llegó con una barra de un cuarto de kilo bajo el brazo porque no había tenido tiempo de comer, y la iba partiendo y mordisqueando a la vez, y el pintalabios lo llevaba guardado en el bolsillo de la gabardina.

Arnau se había dejado una barba de tres días que le pinchó las mejillas cuando se dieron dos besos. Ella le acercó la punta de la barra; él ya había comido, pero le dijo *gràcies* y la partió. Estaba recién hecha y le salió humo de dentro. Le dijo que se pintara los labios frente al espejo del pasillo y que se colocara al lado de la ventana del comedor, y ella hizo ambas cosas, y las uñas también las llevaba azules, y las puertas del balcón estaban abiertas para que entrara el sol.

No le costó dibujarla porque tenía las mejillas carnosas y la nariz recta. Cogió el azul marino del estuche y lo estrenó. Ninguno de los dos decía nada porque estaban pendientes de los vecinos de la plaza de abajo, que sacaban a los niños a jugar y se sentaban a la sombra de los plátanos, y se reconocían y se saludaban de un extremo al otro. Pero, en general, reinaba la calma de después de comer y se notaba que la gente estaba durmiendo.

El segundo mediodía compró un pastel de limón antes de que ella llegara y, cuando vino, mientras se pintaba, Arnau lo cortó y lo puso en un platito; se lo colocó entre las manos y quiso dibujarla con la boca llena de amarillo. Àgata desmenuzaba la base de galleta con los labios fruncidos, y eso a él le divertía, porque sabía que le daba vergüenza comer delante de él. Al final él también cogió un trozo: lo sujetaba con una mano y con la otra seguía trazando sombras y pestañas, y al papel le caían miguitas de *brioche,* nata y pieles verdes de lima.

Al tercer mediodía la avisó de que no hacía falta que se pintara los labios, que él ya los haría azules sobre la lámina, y que se recogiera el pelo para que así se le viera mejor la boca. Le preguntó dónde vivía y ella dijo que en el Eixample Dret, frente a un cine que iban a derruir para hacer unas galerías: serían de cuatro plantas y, para pasar de una a la otra, irías en escaleras mecánicas, sin cansarte. Él quiso saber si le gustaba ver películas y Àgata contestó que no demasiado, porque todo lo que pasa en ellas es mentira y lo ves venir; que era mejor leer una novela, porque así a las personas te las imaginas tú y les pones la ropa que quieras y también la nariz que quieras. Arnau dijo que era verdad.

El cuarto día hablaron del trabajo de cada uno y la chica estaba medio fuera y medio dentro del balcón, con una trenza ladeada. Se la había hecho en dos minutos, porque estaba sudada y los dedos le habían ido rápidos. Le preguntó a Arnau si no se cansaba de dibujar todo el día, y él dijo, ¿y tú no te cansas de vender pan mañana y tarde? Ella contestó que no, que nunca se aburría porque vendía muchas cosas, no solo pan; que ahora se acercaba San Juan y los pasteleros se encerrarían en el obrador y harían las tortas, las rellenarían de chocolate y nata y de cabello de ángel, cortarían frutas muy finas y las tendrían dos semanas cubiertas de azúcar, y la tienda entera olería a aquella mezcla, y los clientes la olerían y saldrían de la compra más contentos. Además, en el trabajo le hacían llevar un delantal blanco con un nudo ancho de color azul que se ataba por detrás, al final de la espalda, y quedaba muy bonito. Arnau pensó que no hacía falta un lazo en el culo para despachar barras y flanes, pero se lo calló y solo dijo que a él le encantaba la nata, sobre todo encima del chocolate derretido, aunque sola también le gustaba.

Y el último día apareció con un cuenco lleno de nata, tapado con una servilleta. La repartieron en dos platitos y se la comieron con las cucharas de plata que Arnau todavía no había estrenado. Le pidió que se quedara de perfil todo el rato y la retrató con la cucharilla en la boca y el cuello estirado. Les gustaba aquel silencio que era suyo y procuraban no romperlo nunca, y todo lo que se atrevían a decir se lo pensaban mucho y solo hablaban si estaban seguros de que se trataba de algo de provecho o interesante. Cuando terminaron y ella hubo dejado los platos en el fregadero, Arnau la llamó por su nombre y le pidió que se quedara a dormir.

IV

Compraba un pastel distinto cada día. Eran redondos y unas veces de fresa, otras veces de naranja y menta, y cuando Àgata llegaba, cenaban pescados a la plancha y bistecs poco hechos, y de postre, un cuarto de pastel cada uno. Le deshacía el lazo del delantal y, si llovía, se quedaban en la cama entre las sábanas; si el día era despejado lo pasaban en el balcón, y ella regaba los geranios secos con un vaso de cristal, y bebían café de cafetera vieja al que había que echarle mucho azúcar para que estuviera bueno.

Un día en que el *brioche* era de chocolate y moras, Arnau le pidió que se casaran. Àgata se quedó mirándolo y le parecía precioso, con ese remolino en la frente que le separaba los pelos y los hacía caer todos hacia la izquierda. Nadie le había explicado lo que es querer a alguien, y supuso que todo eso de compartir el postre y observar la plaza cuando hacía sol era el amor; le dijo que sí. Él le dio un beso largo mientras pensaba que se casarían en una iglesia con flores en los bancos, en el altar y en las solapas de los trajes de los invitados, y después bailarían pegados y vivirían siempre juntos, en los mediodías, en las mañanas y en las noches, y tendrían hijos y eso sería el amor.

Para conocer a la familia de Àgata fueron a comer un día que llovía y hacía sol, y el arco iris se escondía entre los tejados y las fachadas llenas de regueros de agua. La madre se llamaba Sara y era bajita, con la cara llena de arrugas pequeñas, como si las venas le hubieran traspasado la piel y ahora vivieran en el exterior. La hermana tenía diecisiete años y el pelo liso, que ese día se le encrespaba por culpa de la humedad, y se llamaba Isabel.

Comieron bacalao y patatas al horno y fumaron mientras comían; para acabar, había una bandeja de naranjas. Arnau no quería, pero Àgata cogió una y salió a comérsela a la terraza. Sara dijo, para que él lo entendiera, que le pedía que se alejara de ella cuando comiera naranjas, porque no las soportaba: no podía sufrir el olor que suelta la piel ni cuando alguien las abre y arranca los gajos. Arnau quiso saber por qué las odiaba tanto y ella respondió, porque era lo único que nos daban, esos desgraciados.

Y habló de antes de la guerra, del padre comunista y del viaje en coche, en la parte de atrás y cubiertos con una manta de lana para que no pudieran verlos. Hacía tanto calor que se había desmayado unas cuantas veces. Cuando quedaba poco para la frontera, les hicieron subir a un tren, y quienes encontraron dentro eran como ellos: fugitivos y perdedores. En el mismo vagón viajaban con un niño que llevaba una boina de ganchillo porque tenía el pelo lleno de bichitos que le arañaban y le mordían la cabeza, hasta el punto de hacerle agujeros que le podrían llegar al cerebro. A veces soñaba con él, porque la dejó impresionada, pero debía de estar muerto: caminaba arrastrando los pies y eso significa que no te quedan ganas de vivir. Dentro ya del país vecino, el tren paraba a menudo, y en cada pueblo les recibía un grupo de personas bien vestidas, con pancartas donde ponía ¡BIENVENIDOS! en francés, es decir, BIENVENUE!, pero lo entendían igualmente. La gente que los esperaba les acercaba vasos de cartón con café y naranjas, con la piel abultada y jugosa. Así pues, los olores cítricos y amargos eran los olores de la derrota, y las naranjas la entristecían, pero el café todavía más.

Después de despedirse y de beber leche sola, Arnau llevó a Àgata a la pequeña villa. Teresa cojeaba, pero seguía siendo presumida y lucía tacones. Los tres se sentaron en las escaleras del jardín y observaron la fuente que ya funcionaba. Teresa dijo que Andreu había vivido allí y que la había hecho brotar, y Arnau le contó que se iban a casar. Ella lo abrazó y lo meció, como hacen las madres de mentira.

Y pasaron también por casa de los abuelos, cuando ya oscurecía. La abuela enseguida se imaginó a la chica nueva con un vestido de novia y las piernas al aire. Àngel la hizo pasar al despacho y ojearon juntos unos cuantos libros; se llamaba como Agatha Christie y eso le bastó para decir que le gustaba.

V

DÍA VIGESIMOPRIMERO

Hacía dos inviernos que había plantado un girasol, en un tiesto de barro rojizo con forma de jarrón, más ancho por arriba que por abajo. La semilla era de una vecina, que había enterrado unas cuantas y no le había crecido nada. Me la dio en la escalera, envuelta en un retal de tela verde. Yo le dije que se me morían todos los geranios del balcón, pero me hizo prometer que lo intentaría. Y lo intenté, compré un recipiente bonito y tierra fértil.

El verano que llegó Aurora, empezó a despuntar el tallo verde, y luego los pétalos amarillos. Seguían al sol a todas horas: se abrían de cara a él y, cuando se iba, se recogían y se ponían a dormir como nosotros.

En el tiesto, una tarde de relámpagos y lluvia, dibujamos las cuarenta manzanas del cuento del pájaro de oro rodeando el barro, una pintada de rojo y otra de verde. Aurora escribió su nombre para acabar de tapar los huecos marrones, y le dejé hacerlo con letras mayúsculas, porque ella lo había hecho crecer.

VI

Se casaron un sábado por la tarde en la iglesia de la plaza. Arnau se vistió en su piso, y Antonio y Sexto le ayudaron a hacerse el nudo de la corbata y a domar el remolino. Les había escrito una carta contándoles que se casaba, y en el sobre había metido uno de los dibujos que había hecho de Àgata con los labios azules, para que la conocieran. Ellos le contestaron con mala letra que habían pedido fiesta a los señores para ir a la boda, y que la casa estaba a punto de caramelo; solo faltaba poner barrotes negros en las ventanas y plantar cipreses que la protegieran. Bebieron cerveza curioseando desde el balcón, y los invitados iban pasando y se detenían a cotillear. Las mujeres fumaban, y con las pamelas solo se les veía la boca y el cigarrillo colgando. La niña de Sexto subió porque echaba de menos a su padre; la melena le había crecido hasta llegarle a la cintura, y su madre le había colocado flores de papel sobre la nuca y las orejas, y la pondrían a bailar cuando cortaran el pastel.

El vestido de Àgata fue uno corto, de mangas infladas y con piedrecitas blancas que le hacían de cinturón. Se lo había cosido la modista que le hacía los vestidos de verano: le había tomado medidas con una cinta amarilla, le había dado a escoger las telas y la pedrería y, cuando Àgata se marchaba, le ponía el vestido a un maniquí sin cabeza y le hacía las costuras durante toda la noche.

En la ceremonia no hubo llantos, y los dos que se casaban no pensaron en nadie más mientras se ponían los anillos, porque todavía no tenían veinte años y no sabían qué era la nostalgia ni la sensación de haberse perdido cosas. Cenaron en la pastelería en la que trabajaba Àgata, que se veía espaciosa sin las mesitas de café. El pastel fue de nata por fuera y de limón por dentro, y los labios de la novia eran de rojo oscuro, y solo los había tocado Arnau.

Y la niña de Sexto bailó, y él dio palmas, y a ella se le cayeron las flores de mentira de la cabeza y su madre iba detrás, agachada, recogiéndolas. Bebieron cava en copas largas y dos hombres que cobraron dos billetes tocaron la guitarra: uno la dejaba en el suelo y arreaba golpes con la mano a un bombo grande, y el ritmo hacía que les retumbaran la garganta y en el corazón. Recogía el instrumento de nuevo y los dos cantaban siempre a la vez. Los invitados se movían tocándose los codos entre ellos, y Àngel y la abuela daban vueltas con elegancia y sin perder el ritmo; era la única ocasión en que estaban juntos tanto rato, bailando. Arnau bailaba los valses con Teresa, que aquel día llevaba un bastón de mango alargado y dorado, y era como si bailaran tres; y las lentas, con Àgata, para acariciarle la cara empolvada mientras todos los miraban y sentían envidia de aquel amor ingenuo.

Cuando se acabó la fiesta, subieron caminando hacia el piso de la plaza de la Virreina, ella con la americana de Arnau sobre los hombros y él agarrándola de la cintura, y desarmaba el cinturón de piedrecitas con las manos sin que ella se diera cuenta. Del buzón salía un sobre; Arnau lo cogió rápido y se lo guardó en el puño, dejándolo arrugado. En casa,

Àgata se deshizo de la chaqueta y entró en la habitación con los ojos enrojecidos de cansancio, la cara joven y el cuerpo tenso y caliente. Él le dijo que iba enseguida.

Maria le escribía que había empezado a utilizar la silla de ruedas, no siempre, solo cuando se cansaba, pero que Josep había crecido más de un palmo en el último año y ella no estaba triste del todo, porque el niño ya tenía fuerza para empujarla por el jardín, por los caminitos de piedras planas e incluso por la grava dura. Arnau, con desazón, cogió media lámina en blanco y dibujó una silla con ruedas grandes y de goma, hojas verdes trepando por los reposabrazos y flores blancas de papel bien pegadas al asiento, como las que se le habían caído de la melena a la hija de su amigo cuando daba saltos llena de vida.

La peluquera de Àgata tenía nombre de flor y un local muy pequeño a dos bloques del piso en el que vivían, con dos butacas de piel delante de sendos espejos de esos en los que te ves de pies a cabeza, y secadores de mano y también de esos que parece que te van a sorber la cabeza, y todo impregnado de olor a champú. Acudió un mediodía, se dieron un abrazo y hablaron de la boda. Àgata le contó que había llevado el pelo suelto, pero que la noche antes había dormido con un moño bien prieto para que le cogiera la forma de las olas.

La peluquera le lavó la cabeza y la llevó delante del espejo. Àgata le pidió que le cortara la melena, que le llegaba casi al pecho, y que ahora quería el pelo a ras de la mandíbula, tan corto que ni siquiera le rozara el cuello. La mujer con nombre de flor puso mala cara porque al tocarlo veía que tenía una caída perfecta, fuerte y brillante, pero a Àgata no le importó porque le daba trabajo: tenía que peinárselo, recogérselo y lavárselo. La peluquera iba preparando las tijeras y advertía, cuando tengas hijos se te habrá acabado lo del pelo largo. Àgata sonrió; quería tenerlos, y por eso venía ahora. Se fue a casa, y ya no se notaba el pelo en los hombros por lo corto que lo tenía.

El último pago del vestido de novia lo hizo dos meses después de casarse. Le llevó un sobre cerrado con diez billetes a la modista, y ella se dio cuenta de que se había deshecho de la cabellera, se imaginó lo que ocurría y la felicitó. Tenía una melena ondulada hasta el pecho, roja, que parecía que llevara la cabeza ardiendo, y Àgata dijo *gràcies* con la boca pequeña y se pasó la mano por el vientre vacío.

En la primera Navidad de casados, Arnau compró un abeto en la feria de Santa Llúcia, delante de la catedral. Lo escogió pequeño y solo le costó un billete, porque pensó, ya compraré uno grande el año que viene, cuando tengamos al niño. Subió hasta el piso con el arbolito en brazos, envuelto en una sábana como si fuera un hijo. Lo dejó en el comedor, dentro de un cubo con tierra para que se mantuviera erguido, y al mediodía, después de comer y de intentar hacer uno de verdad, Àgata dijo que ella compraría lo demás: cerca de la pastelería había una tienda en la que vendían corbatas y cinturones durante el año, y en Navidad los cambiaban por figuritas de belén y ramas de muérdago para colgar encima de las puertas.

Cuando acabó de vender tronquitos de Navidad, corrió a la tienda todavía con el delantal puesto y compró para el árbol bolas azules, rojas y doradas, un par de guirnaldas plateadas y una estrella fugaz para colocar en lo alto. Aunque todavía era finales de noviembre, aquella noche lo estrenaron todo, y decían, el año que viene, si nos damos prisa, seremos tres.

En Nochebuena cenaron los dos solos y pusieron la mesa con un mantel nuevo con estrellas de seis puntas. Bebieron cava en unas copas tan anchas como los vasos de diario y luego comieron el tronco de nata con las manos. Arnau le quitaba la corteza de chocolate y solo se comía el relleno blanco, que, de tan ligero, era como saborear aire azucarado.

Se dieron los regalos con los platos todavía en la mesa. Àgata le había comprado dos cuadernos de láminas rugosas con las cubiertas de piel buena y un estuche en forma de maleta con dos carboncillos, dos gomas de borrar redondas y blancas con una línea azul en un lado, dos lápices finos y dos de punta gorda. Arnau le regaló, envuelto en papel brillante, un jersey de bebé con el dibujo de un oso en el pecho y un chupete de goma fea. Le tocó la tripa y le preguntó si sentía alguna cosa; ella sabía que allí no había nada, porque aquella mañana se había despertado con el pijama manchado de sangre, pero confiaba y desplegó la ropita al aire.

Àgata se acercaba a ver a su madre después de trabajar. Le llevaba las barras rotas o las que se tostaban demasiado, y se sentaban en el balcón a merendar el pan con un tazón de leche, sumergiéndolo con la cuchara para que se reblandeciera.

Una tarde, Àgata quiso saber si le había costado quedarse embarazada, porque esas cosas a veces se transmiten de madres a hijas, y Sara le dijo que no, que de ella se había quedado en estado poco antes de casarse, porque el día de la boda tuvo mareos y lloró mucho, que eso es lo único que indica que estás preñada; y de Isabel se quedó cuando Àgata todavía mamaba, y la leche se le había estropeado por culpa de tener otra niña dentro.

Y Àgata estalló, dijo que si no tenía un hijo pronto se moriría, porque lo único que veía eran bebés en las plazas y en las calles; iban en carritos abrigados y protegidos, y los que ya eran un poco mayores caminaban sin guardar el equilibrio. Si los tenía cerca, le entraban ganas de comérselos de tanto que los quería.

Y Sara se llevó un trozo de pan negro a la boca y se le escurrió leche por la comisura, y creía que no hacía falta tener hijos, que cuando son pequeños se ríen y están contentos, pero después se van marchitando como los lirios, y los padres no pueden sino verlo y sufrir. Le contó que, cuando Àgata era una niña y todavía no leía ni hablaba, lloraba por las noches porque soñaba demasiado, y ella la miraba, sintiendo que era culpa suya por haber traído al mundo a un ser que sentía y sufría y lloraba, y que lo peor aún estaba por venir.

Y Àgata pensó que sería bonito observar a su hijo llorando mientras duerme, que ella tampoco lo despertaría porque solo con poder mirarlo ya tendría suficiente.

Una noche tuvo calor y bajó a que le diera el aire. Arnau dormía como un tronco y no se despertaba nunca hasta media mañana, pero puso una almohada a su lado para que le hiciera de sustituta. Cruzó la plaza y sí que corría el fresco, porque la falda plisada le ondeaba.

Y las náuseas la habían desvelado, así que continuó hacia abajo y se le ocurrió andar hasta el hotel Fuster, donde se quedaría mirando al portero desde un rincón. Le gustaba aquel chico alto y rubio que llevaba un uniforme rojo con cordoncitos dorados cruzados sobre el pecho, y se lo imaginaba como un general. Pero no estaba, y le apeteció seguir caminando, y las joyas de los escaparates hacían que brillara el paseo de Gràcia. Con la luna y la ciudad desierta se sintió mejor. Atravesó la plaza de Catalunya y recorrió las Ramblas por el lado izquierdo. Llegó al puerto con la lengua sedienta y pensó que, para regresar a casa, lo iba a pasar mal de todas las maneras. Pero valía la pena porque allí sí se veían las estrellas, medio brillantes y medio cansadas, y era como si tuviera una abeja zumbándole en el cerebro, que luego bajaba por la garganta, se le instalaba en el pecho, cerca del corazón, y le clavaba el aguijón aquí y allá, chocaba con la piel y quería salir.

Un tipo con sombrero y un abrigo con hombreras la miraba, plantado frente a ella, y tenía la cara partida por la mitad, desde la frente hasta debajo de la nariz. Le ofreció la mano y le preguntó si se encontraba bien y Àgata dijo que sí, que solo se había cansado. El resto de su cara era oscura porque la cicatriz le brillaba y estaba abierta, como si se la acabara de hacer. El hombre retiró el brazo y siguió hablando y su voz era profunda, le salía del estómago y no de la garganta como a los demás, y decía que le gustaba pasear de noche porque así no chocabas con nadie y ella asentía porque tenía razón. Volvieron hacia las Ramblas y ambos miraban al frente, y sus pasos se sincronizaban. El hombre de la cicatriz dijo que tenía un local allí al lado, y efectivamente estaba cerca.

Cruzaron una puerta de madera negra y Àgata se le arrimaba al hombro, y ambos iban por donde él quería. Era una sala con pista de baile, y la parte superior estaba hecha de balconcitos con cortinas de satén. La gente de abajo, como un mar, bailaba moviendo la cabeza y sudaba, y las chicas se movían solas y bebían en vasos de tubo. El acompañante del abrigo tiró de Àgata y subieron al primer balcón, y allí señaló al techo: estaba pintado de nubes blancas y estrellas fugaces; era un cuadro pero parecía real. Los focos se apagaban y encendían, y a las personas de alrededor solo las veías de vez en cuando y tampoco las necesitabas.

Y le colocaba la almohada al lado. Le daba pena irse y dejarlo solo, y se lo imaginaba despertándose de madrugada, sentado en la cama y con la mano extendida en su lado, pero los pies se le iban solos y ya volvía a estar en el local de las Ramblas.

Y en el balconcito el techo quedaba al alcance de la mano, y la gente bailaba feliz porque tenía la sensación de estar bajo un cielo de verdad. Una noche en que el foco era amarillo y teñía a la multitud del gallinero, le preguntó de dónde sacaba aquella música que no había que bailar en pareja, y fue casi una súplica. El hombre de la cara herida le contó que cada verano cogía un avión para cruzar el océano y llegaba a una ciudad en la que no hay estaciones: siempre es primavera y no necesitas bufandas ni pantalones cortos. Entraba en todos los bares donde ponían música y observaba qué hacía bailar a los jóvenes alegres, y qué canciones voceaban y con cuáles daban saltos. Los siguientes días iba a las tiendas de vinilos, que allí son como grandes almacenes solo de canciones, y pasaba muchas horas rebuscando y eligiendo. Al terminar, se iba a comprar ropa de colores de verdad, no como aquí, donde todo es gris y nada chillón, para pasar desapercibido e ir ahorrándote problemas. El abrigo lo había encontrado en esa ciudad de buen tiempo y nunca se lo quitaba, porque en Barcelona no había otro igual y tenía miedo de que se lo robaran.

Otra noche en que la luz era azul y las pulseras de plata y las barandillas de los balcones también se volvían azules, Àgata quiso saber cómo se había hecho el corte de la cara. Él lo contó como si pusiera voz a una película, todo del tirón y con un tono que te obligaba a estar atento. Él y su padre robaban tiendas durante la guerra, hacia el final, cuando valía todo y daba igual si eras ladrón o desertor o buena persona. Una mañana sin alba rompieron los cristales del escaparate de una joyería y pudo coger un collar de plata y un anillo con un diamante, de esos para cuando la gente se quiere casar; le bailaban y le tintineaban en los bolsillos y ya se veía siendo rico.

Entonces vieron pasar a dos policías, con cara de no poder más, los uniformes rasgados y sangre seca en la cara. Aun así, estos se esforzaron y los acorralaron apuntándoles a la cabeza con las pistolas y los obligaron a entrar en una tienda al otro lado de la calle. Cuando los tuvieron dentro, con las manos en alto, bajaron la persiana. Echaron el cerrojo por fuera y los dejaron ahí encerrados, a pudrirse, porque en las prisiones ya no cabía nadie.

Aquella tienda había sido una farmacia, y su padre se volvió malo de estar encerrado sin luz ni aire. Encontró unas tijeras largas en un cajón, se le echó encima y le rasgó la cara. Los policías regresaron al día siguiente y, para no tener que hacer nada, los dejaron libres. A él la herida no se le cerró nunca.

Subía hacia casa después de bailar cuando un gato le maulló en la plaza de Catalunya. Ella se agachó para que la entendiera y le dijo, no tengo nada para ti. En un banco vio a un hombre con las manos entrelazadas detrás de la cabeza, a modo de almohada. No dormía porque le brillaban los ojos. Y no estaban cerca, pero a Àgata le llegaba un hedor rancio que le provocaba arcadas. Al sintecho le entró tos, tuvo que incorporarse y se tapó la boca con las manos sucias, y fue entonces cuando lo reconoció.

El padre se escapaba de casa. En verano, una o dos veces por semana, y en invierno, con menos frecuencia porque tenía los bronquios delicados y, si cogía frío, se ponía a toser hasta que los ojos parecían salírsele de las órbitas. Sara salía a buscarlo y él se escondía y echaba a correr delante de ella; pero si lo pillaba, se resignaba y volvían a casa los dos del brazo, saludando a los conocidos del barrio, fingiendo que todo iba bien. Y así era durante un tiempo, hasta que llegaba el día en que bajaba a la panadería a comprar el pan y ya no volvía.

Y cuando fueron más mayores les llegó el turno a las hijas, porque la madre se cansaba y el pelo se le desteñía a fuerza de disgustos. Les chivaba los lugares donde podían encontrarlo como si fuera un juego: ellas, las cazadoras, y él, la rata. El padre estaba enamorado del Born y de los callejones meados que allí quedan a resguardo.

Y el último día en que Àgata se llevó el premio, él se arrodilló ante ella y lloró como un niño y le suplicó que no le obligara a volver, que él quería vivir sin un techo sobre la cabeza, sin paredes ni cemento frente a los ojos, porque cuando pasaba muchos días en un mismo sitio le empezaba a zumbar la cabeza, y que un día se tiraría por el balcón y las tres lo tendrían que ver con la cabeza aplastada y trocitos de sesos esparcidos, y que así, si él no volvía, sería mejor para todos. Y Àgata se fue a casa y a ellas no les costó salir adelante solas.

DÍA TRIGÉSIMO

Me dijo, me tienes que cortar el flequillo, que no veo, una mañana en que mojaba galletas sin azúcar en la leche. Siempre se le acababa cayendo la mitad porque las dejaba demasiado tiempo empapándose y, al final, se reblandecían y se iban al fondo del vaso. Le pasé una cucharilla para que la pescara pero se había deshecho y la leche quedó llena de grumitos. Dejó el vaso en el centro de la mesa y yo lo vacié en el fregadero.

Subió a la silla sin zapatos y se sentó en mi mesa de dibujo. Se levantó la falda y se quedó con el culo desnudo sobre el escritorio mientras el vestido la rodeaba, y parecía una margarita: ella en el centro y los pétalos saliendo de su cintura. El vestido era blanco, con el cuello lila.

Se peinó el flequillo hacia delante. Saqué las tijeras del cajón de la cocina, las mismas que usaba para cortar el pescado, la carne y la lechuga de las ensaladas, y le dije, *ara* no te puedes mover, y se puso tensa, con la espalda recta. Le apoyé el dedo en la frente, en horizontal, trazando la línea por donde debía cortar, y luego los rizos cayeron sobre los dibujos que había dejado abandonados en la mesa para cuando llegara la inspiración.

El último encargo de la agencia consistía en dibujar un grupo de gallinas libres para estamparlas en las tapas de las hueveras de media docena: comiendo hierba, incubando huevos o haciendo lo que sea que hagan. Tenía ya esbozos de todo tipo. En algunos incluso las había dibujado sonriendo, y debía ser que me había convertido en un hombre de ciudad porque no sabía cómo se supone que viven las gallinas. En realidad nunca las había observado; no es que sean muy interesantes. Quizás tendría que comprar alguna, pensaba, hacerle un corral con cuatro maderas o con cajas de cartón y observarla bien. Me eché a reír al imaginarme a la gallina picoteando los muebles, cloqueando mientras escuchábamos los cuentos de la radio, sentada sobre los pies de Aurora, que siempre se quitaba los zapatos para andar por casa, y creyendo que los dedos eran huevos donde estaban sus pollitos.

Le corté el flequillo de una sola pasada, como si recortara un trozo de seda. Quedó bastante bien y, cuando terminamos, me rodeó con los brazos y dejó caer todo el peso hacia adelante. Yo la levanté y la coloqué en el suelo y me pareció que se me fundían las manos, el pecho y todas las partes del cuerpo sobre las que se había apoyado.

Hubo un día en que la falda le empezó a quedar estrecha y se puso a llorar, y lloraba mientras atendía a los clientes de la pastelería y también al caminar hacia casa, conforme iba oscureciendo, y no era porque estuviera triste. Eran todas las emociones del mundo juntas y mezcladas y el cuerpo no podía gestionarlas. A Arnau se lo dijo un día mientras cenaban, y lo que tanto habían deseado ya lo tenían; enseguida acordaron que buscarían un piso más grande para no estorbarse unos a otros, y que la habitación del pequeño sería verde o naranja y así no habría ningún problema, saliese niño o niña.

Fueron a ver unos cuantos y Àgata iba avisando a Arnau de que quería una casa de techos altos porque el bebé daría berridos, lo llenaría todo de llanto y no les quedaría espacio para respirar. Acabaron quedándose con un cuarto en una esquina de la plaza Lesseps que tenía la cocina y el comedor juntos, y que era la modernidad absoluta. Compraron jardineras para la terraza y plantaron geranios y limoneros pequeños, y el piso de la plaza de la Virreina se lo quedaría Arnau para usarlo de estudio. Y seguían adelante para no detenerse nunca.

Y la piel se le abrió, como la de una lubina. Arnau le ponía crema por las noches, cuando estaban en la cama, y le daba masajes con la punta de los dedos para que penetrara en todas las grietas. Y cuando se quedaba sola en el piso nuevo, colocaba la almohada al lado por si Arnau acababa viniendo, y un poco también para que cuando él volviera se encontrara la cama caliente. Bajaba hasta el barrio en el que había crecido y caminaba sin cesar, y algunas noches se las pasaba enteras durmiendo a los pies de Colón, con su hijo dentro, enjaulado entre las costillas.

Y cuando la tripa ya le tapaba los pies regresó al local del cielo amplio y pintado, y el niño le dio patadas al ritmo de la música. El hombre de la cicatriz le mantuvo las manos sobre el vientre hasta que a todos les entró sueño.

Aurora nació una noche en que nevaba. Desde la ventana del hospital se veían caer los copos y Àgata pensó que sería bonito poder enseñarle al bebé la ciudad tan blanca, y que cogiera un pequeño puñado de nieve para llevárselo a la boca. Pero el suelo estaba mojado por la lluvia del día anterior y no cuajaba.

Mientras Àgata paría, Arnau esperaba apoyado en la pared de la habitación. Antes de salir de casa había cogido un lápiz y un trozo de papel, y ahora le daba vueltas a todo entre los dedos. Oía los gritos de su mujer, iguales a los que había dado su madre mucho tiempo antes, el día que nació Ariana, un primero de enero. Ahora le parecía que su espalda era de madera y que el suelo estaba hecho de polvo y piedras y de algunas florecillas de las que aguantan el frío que se cuela por todas partes. Respiró hondo porque estaba nervioso y recordó el olor de su hermano al tumbarse en la cama después de nadar, y supo que siempre se iba a sentir así: pequeño. Iba a ser un niño que tiene un niño.

La enfermera lo hizo pasar y Àgata estaba completamente roja, con unos ojos que no podía abrir del cansancio. Se había colocado al bebé tumbado sobre la tripa, que aún no le había vuelto a su sitio y parecía una colina. Su cuerpo iba a echar de menos a aquella persona a la que había creado y cobijado durante tantos meses. Arnau le dio un beso en la frente y ella dijo que era una niña, dándole la vuelta para que la viera bien.

Estaba arrugada y movía los brazos. La habían vestido con un peto y protegido la cabeza tierna con un gorro blanco. La cogió enseguida y le tocó la cara para que reaccionara. Aurora lo miró como se mira al mundo por primera vez, con ojos que quieren abarcarlo todo, grises como la nieve y el agua sucia del otro lado de la ventana.

Aquella primera noche en la que eran tres durmieron juntos, ellas abrazadas en la cama y él hecho un ovillo en la butaca del acompañante. Las dos respiraban al mismo tiempo. Con el corazón blando y la cabeza funcionándole de manera diferente, Arnau escribió una carta a sus padres. Les contaba que había tenido una hija de ojos transparentes, en qué hospital había nacido, cuánto había pesado y su altura en centímetros; y, debajo, al lado de la firma, dibujó a la niña exactamente como la veía en ese momento, con la cabeza de lado y las manos juntas y la boca abierta.

Dobló el papel y en lugar de una dirección escribió: *la casa de las conchas, al lado del camino que baja al mar,* porque no tenían una de verdad, y pensó que, ahora que se habían hecho mayores, quizás el cartero había sido uno de esos niños a los que pinchaba con la caña y lo mataban de un disparo imaginario, y entonces seguro que lo entendería porque lo reconocería y se la entregaría a la madre sin problemas. Y por cada hijo que tuviera enviaría una carta, y quizás algún dibujo de vez en cuando, para enseñarles cómo crecían y cómo se iban pareciendo a ellos, y a Andreu y a Ariana.

Andreu hizo que brotara agua de la fuente del chico de la manzana. Hurgó en el tubo y lijó las paredes, lo atravesó con un alambre afilado y lo meneó arriba y abajo; las piedrecitas y las hierbas que habían crecido allí, a oscuras y solo con la humedad, salían pegadas a la punta, y un hilo marrón empezó a manar. Le pidió a Teresa que viniera y lo observaron juntos hasta que el agua se volvió clara, dando ganas de beber. Él se amorró y se llenó la boca y dijo que estaba buena.

Llevaba meses en la pequeña villa. Le había pedido al padre que le dejara marcharse porque allá abajo se aburría y lo conocía todo como se conoce la propia mano: las chicas, las tierras, las aguas, la gente. Y quería saber qué más existía. El padre le había dejado ir a lo suyo y él había empezado a llevar un pañuelo de seda de imitación en el bolsillo, que a veces mordía hasta hacerse sangre, para no llorar. Y tener que ver algo así no se podía soportar.

A Teresa ya se le habían agarrotado las rodillas y dijo con pena que le gustaba ver el agua salir, pero nunca podría subirse ni probarla.

Una tarde Andreu estaba junto a la puerta del bar verde, fumando, y pasó una chica de pelo rojo, y la quiso porque nunca había visto a nadie igual, con la cabeza de fuego. A menudo la llevaba a la playa y le enseñaba a nadar cuando caía la noche, y la gente que paseaba por la arena no los podía ver. A ella se le enflaquecía el pelo con el agua, se volvía fino, se le pegaba a la cara y al cuello, y Andreu se lo echaba hacia atrás y le acariciaba la cara pecosa. Si no estaba nublado, le decía, tienes la cara como el cielo y la noche, hecha de puntos. Después dormían en una cama de matrimonio tan ancha que no se veían ni se tocaban hasta el día siguiente.

Se instalaron en un estudio en la calle de Sants, lo cual significa que vivían en una habitación con un colchón en el suelo, una cocina económica de dos fogones que chasqueaba cada vez que se encendía, un sofá de dos plazas con el cuero rasgado y un cuadro apoyado a la pared que siempre tenían pendiente colgar.

Andreu empezó a trabajar en el puerto, cargando y descargando barcos, y por la noche la chica de fuego le decía que sabía a sal. Ella cosía todo el día, y lo que más le gustaba era hacer vestidos de novia. Las chicas jóvenes venían y estaban guapas solo porque estaban contentas y a punto de casarse, con las caras redondas, las melenas largas y los cuerpos estrechos. Y cuando regresaban para hacer el último pago, dos o tres meses después de la boda, se habían cortado la melena, la piel se les había secado y algunas ya llevaban un hijo dentro, cargándolo como quien lleva un caballo a hombros.

El vecino del segundo, una mañana que salía para ir a trabajar, se la encontró tirada en el rellano, con los dos ojos morados, un solo zapato y la nariz y la boca sangrando.

Una mañana Teresa llegó al piso de Lesseps. Àgata había sacado a Aurora a la terraza, le había dado el pecho sentada junto a las jardineras y la había dejado durmiendo al fresco, mientras la vigilaban desde el ventanal abierto. Ese día, el bastón de Teresa tenía el mango redondo, de mármol negro. Trajeron a la niña para que pudiera mecerla en los brazos, y se le quedó dormida encima, y Arnau dijo, eso es que le gustas, y ella esbozó una sonrisa tan amplia que le desaparecieron los ojos.

Metió la mano en el bolso de piel que llevaba y sacó un sobre. Dijo, es de Andreu, y había llegado hacía dos mañanas. Le pasó la carta y el bebé, les dio un abrazo rodeándolos solo con las manos y se marchó cojeando. La niña se quejaba y Arnau le metió un dedo en la boca; ella empezó a chuparlo. Así la calmaba, y quizás era por los restos de nicotina; le estaban saliendo los dientes, y los dos de abajo ya asomaban.

En la carta ponía que los miércoles eran los días de visita, y era miércoles, y que lo tenían en la Modelo porque creían que había matado a golpes a una chica que habían encontrado en el rellano de su casa. Que fuera a verlo algún día, que le llevara tabaco y avisara a Arnau. Dejó a Aurora en el capazo, avisó a Àgata de que iba a salir y se puso el abrigo mientras la niña se mecía sola, empujando hacia delante. Le levantó el puño como si le dijera, hasta ahora.

La prisión tenía forma de pulpo, con una cabeza grande y redonda que era el edificio principal y las patas largas que eran los pabellones. Había cola para entrar. Se puso detrás de un grupo de mujeres con gorros de lana a juego con sus bufandas, y todas llevaban hatillos de color amarillo que olían a carne. Él tenía solo un paquete de Marlboro en el bolsillo y lo sacaba y lo sacudía todo el tiempo; de camino, en el metro, se había fumado seis. La fila avanzaba rápido, y en la entrada había un guardia civil joven que revisaba las identificaciones, asentía con la cabeza y se retiraba para dejar pasar a los visitantes. Después los hacían sentarse en una sala con sillas de corcho pinchadas y arañadas, e iban llamando a las chicas y a las mujeres mayores y a los niños pequeños que correteaban sin estarse quietos porque les hervía la sangre.

Arnau se encendió otro cigarrillo y, si seguía fumando, iba a sacar todo lo que le quedaba en la tripa. Un niño se le quedó mirando y se puso dos dedos en forma de uve sobre los labios, y Arnau le indicó con la mano que se acercara y le dejó dar tres caladas. Tenía los ojos azules, las mejillas arañadas y la cabeza llena de costras. Lanzó el humo al aire y soltó una risita, y el guardia civil le hizo entrar a ver a su padre o a su hermano o a quien fuera que tuviera allí encerrado, y Arnau también entró en una de esas salitas, la de la izquierda del todo, para ver a su hermano después de cinco años.

Andreu caminaba de un lado a otro de la habitación, detrás de la mesa con dos sillas, y cuando lo vio echó a correr hacia él y le dio un abrazo y lo levantó del suelo. Al pequeño le crujió la espalda y notó el olor a sudor y a colonia barata, de esas que llevan demasiado alcohol. Se separaron y reían y se miraban con curiosidad, pero no hablaban. Y el silencio fue desvaneciendo las sonrisas hasta que acabaron por sentarse.

Andreu llevaba barba de dos días y los hombros se le habían encogido. La cara se le había quedado sin mofletes, y Armand debió de traer esa misma cara cuando volvió de la guerra. Se le veía contento porque los ojos se le movían sin parar, y eran lo único que mantenía intacto, los iris marrones como la tierra del huerto. Y Arnau descubría con cada segundo que pasaba que no lo había necesitado ni lo había echado de menos en todos esos años, y para espantar los malos pensamientos le alargó un cigarro y dejó el paquete en la mesa, entre los dos.

Y creyó que le tocaba hablar y soltó, con ese acento de casa que estaba empezando a perder, *hai* tenido una hija, y Andreu levantó las cejas sacando el humo y dijo, qué *bé,* tráetela un miércoles. Y Arnau lamentó no haber traído nada de comer. Y Andreu dijo que no pasaba nada. Y las cosas importantes que no se decían eran como un cadáver y había que mantenerlo en el fondo del lago, bien atado a la maleza, para evitar que se elevara hacia la superficie y quedara flotando a la vista de todo el mundo. Y en la mente, ambos hermanos guardaban el recuerdo de la noche anterior al día en que nació Ariana, y la cicatriz desde la cara hasta el ombligo que le quedó a Joana por siempre jamás, mientras el mayor fumaba tranquilo.

Andreu se había quedado fumando tranquilo y Arnau se había largado de allí, porque todavía le duraba la envidia de verlos bailar.

Y todos los miércoles los dos hermanos fumaban, teniéndose delante solo para volver de algún modo a casa, con la mesa llena de hatillos amarillos y tabaco rubio. Y Arnau pensaba que, mientras viviera, sería incapaz de saber cómo era Andreu de verdad.

El piso nuevo en realidad era pequeño. Cada día más. Con los esbozos de Arnau cubriendo las paredes, la ropa de bebé manchada de tragos amargos, los geranios mudando los pétalos y dejando la terraza roja, y las paredes macizas frente a los ojos. La abuela Sara le había regalado a Aurora un abrigo de lana blanca que hacía que pareciera una bola de nieve. A Àgata no le había gustado, pero a la niña le encantaba: le arrancaba pedacitos y se los metía en la boca, sacaba la lengua porque eran ásperos y lo pedía siempre. Lloraba y se tocaba el pecho y sacaba la lengua. Era espabilada.

Y una noche a Àgata se le despertó la abeja, y quién sabe si alguna vez había estado dormida, y empezó a recorrerle la cabeza, chocando con las paredes del cráneo, y quiso detenerla. Pensó, si me abro la piel del cráneo para hacer que salga, ¿me moriré? Y seguro que se moriría, y bajó a la calle y echó a correr hacia el mar porque era el único sitio donde se veía entero el azul del cielo. Y en su lado de la cama dejó una almohada larga tapada con el edredón.

Arnau cogió a la niña de la cuna y la colocó entre él y la almohada, y ella frotaba contra el colchón las piernas rollizas. Pensó que Àgata había salido a comprar leche o un paquete de pasta y salieron a tomar el fresco a la terraza, y Aurora se metía pétalos en la boca. Se le quedó completamente teñida de rojo y no lloró porque nunca lo hacía; se daba cuenta de que sus padres no sabían mucho y se lo ponía fácil. A la hora de comer Arnau le dio un biberón preparado y él se comió una naranja con miel, y luego durmieron abrazados en el sofá, Aurora en la parte interna para que no pudiera rodar y caerse.

Se despertaron y los dos habían hecho un charco de saliva, y la luz era la de la tarde, y la puesta de sol lo deprimía, y Àgata no había vuelto aún. Regresó al mediodía siguiente y se puso a hacer la comida, contenta y con el delantal muy ceñido, y ató a la niña en el cochecito y la paseaba por el pasillo, arriba y abajo. Hizo una olla grande de sopa, como si fuera Navidad, y Arnau se acordó de cuando se les escapaban las cabritas de casa. Y de que al regresar estaban serenas. Por la tarde fueron de tiendas y le compró unos zapatos de tacón de madera para poder oír bien cuándo se iba y cuándo volvía.

La segunda vez que se marchó estuvo fuera tres noches. La tercera, una semana entera. Y regresaba como si nada, y en caso de que estuviera enferma Arnau no podía ayudarla. Sara le mandaba a Isabel para que lo ayudara con la niña, y la pequeña se encontraba a gusto con la tía porque era dulce y los quería, y con ese pelo tan largo empezaba a parecer una india.

Después de darle la cena, dejaba al bebé dormido y salía a la calle; ya era pleno invierno. Mientras caminaba el aliento le salía espeso, y de repente sentía tener otra vez siete años y le daba por pensar que la vida no es una línea que avanza recta, sino en espiral. Buscaba con la mirada en los bancos meados, en las placitas con fuente o bajo los pórticos de los edificios antiguos y muchas veces la encontraba en los mismos rincones en los que había encontrado al padre. Se sentaba a su lado y tenía que verle el pelo sucio y los dientes tiritando por el frío. La abrazaba y la acariciaba, y Àgata no se apartaba; apoyaba la cabeza en el hombro de su hermana. No insistía, la besaba en la barbilla y sentía en ella el olor de la calle y el cansancio y la libertad. Cuando subía a casa, la madre se quedaba abrigada en la cama, pero no dormía, e Isabel se tumbaba a su lado y se tapaban hasta la cabeza. Las habían abandonado dos veces.

Aurora cumplió dos años, y el pastel fue de limón por fuera y de chocolate por dentro. Le pidieron que soplara las velas y estuvo a punto de quemarse los dedos porque las llamas eran azules y le gustaban. Àgata acababa de regresar después de pasar dos semanas fuera; se había cortado el pelo ella misma, frente al espejo del lavabo, y ahora lo tenía escalado por debajo de las orejas. Además, se había puesto unos pendientes largos con un colgante de oro al final. Iba de la cocina al salón y del salón a la terraza, ágil y meneando el culo.

A primera hora vinieron Sara e Isabel para decorar la casa e inflar globos de colores, y los dejaron esparcidos por todas partes. Comieron pastel y abrieron los regalos que habían envuelto en papel charol: un león de peluche con la melena de esparto, una falda rosa y un biberón con la goma blanca. Abrieron una botella de cava y brindaron, y Aurora estuvo simpática y dicharachera, hablando sin decir nada y solo para que le hicieran caso.

Con la niña dormida y el ánimo en declive, Arnau avisó que bajaba a fumar a la calle para no llenarlas de humo. Se encendió un cigarrillo y, para moverse, se puso a andar; bajó hacia la plaza de la Virreina, empujado por la costumbre y el deseo de retroceder, y se repetía que si no se hubieran cambiado de casa, todo seguiría igual, y en el fondo sabía que era mentira pero regresaba feliz a aquel lugar.

Abrió el portal y, en su buzón polvoriento, encontró un sobre. Lo cogió, subió al piso y se asomó por la ventana para leer la carta mientras daba las últimas caladas y se humedecía los labios cortados. Maria tenía que pasar muchos ratos en la cama; se metía antes de cenar y no se movía hasta el día siguiente. Josep la cuidaba y la arropaba. Es casi tan mayor como tú cuando nos conocimos, y qué locura porque eras un niño, un niño que todavía tenía que romper el cascarón…

Partió una lámina por la mitad y dibujó una cama con cuatro columnas de madera, aunque la madera estaba retorcida y las barras parecían serpientes. Encima puso una tela que pintó de color plata, para que se pudiera encerrar dentro, si quería, y entre las columnas y las sábanas blancas colocó tulipanes que pintó de todos los colores que tenía en la cajita: negro y lila e incluso verde, como el tallo, y pensó que no volvería a Lesseps, porque quedarse a ver cómo crecía su hija con una madre que iba y venía sería como tener a alguien muriéndosele en el regazo otra vez.

Enric se quedó en el pueblo, se casó con una chica de aquellas que cruzaban la calle dando saltos al volver de costura y tuvo tres hijos sanos y de mofletes gordos. Aceptó el trabajo de cartero cuando el anterior se jubiló, y hasta le dieron un uniforme azul, de tela resistente y buena, con una gorra que se quitaba para saludar a la gente.

Y cuando le llegó un sobre con los nombres de Àngela y de Armand y una dirección mal escrita, reconoció la letra de su amigo y lo llevó muy contento a la casa de las conchas, pisando la grava con los zapatos impolutos. La cara de Àngela se había arrugado y ya llevaba el pelo corto, porque una vieja con un corte de joven es algo ofensivo para todo el mundo. Le cogió la carta de las manos y, educada, lo hizo pasar para darle un trozo de pan untado con mermelada de limón, porque la higuera la habían cortado hacía años.

Abrió el sobre con facilidad y desdobló la carta, y aquella noche ella y Armand se llenaron dos vasos de leche y brindaron sin hacer demasiados aspavientos. A esa niña no la iban a conocer pero la querrían igual. Y colgaron su dibujo en la pared de las direcciones y las cosas importantes.

DÍA TRIGESIMOQUINTO

Le pedí que se sentara en el sofá y colocó las manos entre los cojines cuadrados. Sacó de allí cuatro monedas horadadas y se levantó el polvo como si lloviera. Le dije que se estuviera quieta, que hablara sin prisa y sin mover la cara, a poder ser, porque la quería dibujar. Era mediados de agosto y se le había alargado la cara desde que estaba conmigo.

Para que se entretuviera, puse la radio y justo era la hora de los cuentos. El locutor de la voz grave estaba resfriado y hablaba con la nariz, y no paraba de moquear y de sorber con fuerza. El cuento iba de una princesa que se vestía con ropa de pobre, salía del castillo y se mezclaba entre la gente normal, y les preguntaba, ¿verdad que es hermosa la princesa? Y la chica hablaba como si nada tuviera importancia y conseguía que te sintieras tranquilo.

Aurora llevaba un vestido verde de tirantes. Se había lavado la cara después de comer y aún la tenía húmeda, llevaba las cejas despeinadas hacia arriba y poco a poco se le iban poblando. Tenía las manos entrelazadas sobre la falda y la boca medio abierta. Cada vez que la princesa hablaba, exclamaba un ¡oh!, o se reía, y se le veían los dientes de leche, rectos y todos del mismo tamaño, y cada nuevo día con ella era una nueva vida, porque no nos conocíamos y nos íbamos descubriendo como quien desenvuelve regalos de cumpleaños.

Por ejemplo: cuando se sentaba en el sofá o en cualquier silla nunca tocaba con los pies el suelo, porque era bajita para su edad, medía siete centímetros menos que su mejor amiga. Habíamos quedado en que íbamos a apuntar nuestra altura cada tres meses, y la mía iba a ser siempre la misma pero si ella no alcanzaba el metro cuarenta dentro de medio año, pediríamos una visita al médico. La col hervida no le gustaba y cuando la comíamos hacía como que le entraban náuseas. Era tímida, pero se soltaba con el paso de los días, y en la pastelería de los bajos de casa la saludaban eufóricos y le regalaban los bordes de las tortas quemadas que no podían vender; y ella, agradecida, se ponía realmente contenta con un trozo de masa dura.

Salía al balcón, acariciaba los geranios con el exterior de la mano y se le quedaba roja y le picaba, pero no lo podía evitar porque decía que era como tocar el algodón de azúcar que Isabel le compraba en las fiestas de la Mercè. Con los años había aprendido a localizar a Àgata cuando se iba, hacía rodar los números del teléfono y le gustaba pensar que su voz viajaba por toda la ciudad hasta el piso de su tía. Nunca esperaba que su madre se quedara ni que volviera su padre, y quería con rapidez a todo el mundo que pasaba con ella más de cinco minutos porque no sabía si los volvería a ver.

Ahora, con la radio puesta y yo dibujándola, se quedaba quieta y no pensaba en los días de antes ni en los de después; solo escuchaba el lápiz rasgando el papel, y tenía el pecho lleno de sangre nueva.

Y cuando me pidieran que la devolviera, no lo haría, cuando me llamara Isabel y me dijera que ya volvía a tener tiempo para cuidarla, como si fuera una huerfanita. Me la iba a quedar porque era mía y era como yo, y yo era como ella. Nos iríamos al delta por miedo a que nos buscaran y ella crecería salvaje mientras yo bajaría a trabajar a la playa, y pasearíamos entre las casas tan blancas como tragos de leche, en el territorio enemigo… y solo de imaginarnos allá abajo se me caían las lágrimas.

A veces podemos llegar a ver las vidas que hemos tenido en otros mundos, y en algún universo lejano me instalé con mi hija en la casa de las conchas, y mis padres volvieron a tener una niña de ojos grises.

Índice

«E il naufragar m'è dolce in questo mare»